曼殊文集

第五辑

——卢卫平／主编

归途

赵丹 著

中国书籍出版社
China Book Press

图书在版编目（CIP）数据

归途 / 赵丹著. -- 北京：中国书籍出版社，2024.3

（曼殊文集. 第五辑；5）

ISBN 978-7-5068-9814-0

Ⅰ. ①归… Ⅱ. ①赵… Ⅲ. ①散文集-中国-当代 Ⅳ. ①I267

中国国家版本馆 CIP 数据核字（2024）第 057180 号

归　途

赵　丹　著

图书策划　许甜甜　成晓春
责任编辑　李　新
装帧设计　书香力扬
责任印制　孙马飞　马　芝
出版发行　中国书籍出版社
地　　址　北京市丰台区三路居路 97 号（邮编：100073）
电　　话　（010）52257143（总编室）　（010）52257140（发行部）
电子邮箱　eo@chinabp.com.cn
经　　销　全国新华书店
印　　刷　四川科德彩色数码科技有限公司
开　　本　880 毫米×1230 毫米　1/32
字　　数　165 千字
印　　张　7.875
版　　次　2024 年 3 月第 1 版
印　　次　2024 年 3 月第 1 次印刷
书　　号　ISBN 978-7-5068-9814-0
总 定 价　288.00 元（全 5 册）

版权所有　翻印必究

总 序

耿 立

  曼殊文集第五辑就要出版了,这是珠海市作家协会评选的"苏曼殊文学奖"获奖作品丛书。这是一辑散文的集合,是珠海文字和生活的活色生香,它集中展示了珠海市近几年散文创作的基本样貌。

  苏曼殊是广东近代文学的标志,也是珠海文学的精神养料,以苏曼殊为名字的文学奖,在珠海举办了多届,这些获奖作品,以曼殊文集的形式出版,届届积累,届届层叠,如一块块的砖瓦,薪火相传,建构着珠海的文学的大厦。珠海是一个诗意的城市,青春浪漫,而这些符号的底座,文学是最不可缺少的元素。

  珠海是移民城市,不同地域、不同文化的人集聚在这片土地上,他们用文字记录脚下的生活,参与珠海的文化创造,他们其中的笔触,也常常有着悠远的故乡之思,做一些纸上的还乡之旅。比如许理存的《望乡》。童年的经历,如刀刻在他记忆的深处，那些民俗、那些乡间匠人，那些乡土的故事和人物，虽然他离开了故乡，但那个时代艰难而又快乐的农村生活，在他记忆里并没有拆除，所有梦醒时分的惆怅与回忆，都催促他用文字留住曾经过去和渐渐消失的农耕文明，给后人一个文字的路标。许理存生活在特区，他的回望在文字里，他的故乡也在文字里。

故乡不单单指物理的空间，精神的原乡，既是那个念念不忘的故乡，也指那些参与个人成长，塑造精神价值和审美取向的历史人物、文化典籍或者特定的精神瞬间。石岱的《叫不醒的世界》，这本书就是记录了他对精神原乡的美好追忆、对历史风云的深刻体会、对人生的一些独特感悟与思考，以及对爱和自由美好生活的向往与追寻。他笔下的孔子、庄子、司马迁，还有那些荆轲们，这参与我们民族精神塑造的人物，他们就是一些人的精神的原乡。

林小兵的《点点灯火》，是作为一个移民管理警察守卫国门的家国情怀的记录与思考，他记录工作和生活当中的见闻、经历和感悟，弘扬"真、善、美"的主旋律，我们从一篇篇滚烫的文字里能触摸到作者浓浓的家国情怀。再他是一个马拉松运动的爱好者，我们可以从他的文字里看出他生活的足迹，看出执着的力量，执着是信仰，执着也是能更好地认识自己、实现自己的支撑。

九月的《归墟》是散文随笔的合集，无论写人写事，还是观影笔记，她都用自己敏感的心灵透视笔下所写，无论长篇还是短制，无论读书还是游历，我们都可看出她的广博与阔大。

赵丹的散文集《归途》，是她近十年的成长历程与思考感悟。"走出荒原"是对生活的感悟与个人成长历程的记录，将走出荒原那始终如一的信念和勇气表现得淋漓尽致。"桃花源里"是对文化的思考与探索，正如"桃花源"一样，寓意作者心中保持文学初心的一处净土。"悠悠唐崖"是对童年及故乡的追忆，是对先辈口口相传的土家往事的传承，是对民族文化基因的探寻与思索，并配有唐崖土司城的相关照片，这在读图的时代，给人以有别于文字的别样体会。

一个时代有一个时代的文学，一个城市也有一个城市的文学，对文学的体裁来说，散文是最有烟火气、最接地气的文体。这五位作者的散文，最可贵的是体现了散文创作的基本伦理，那就是一个字：真。真是散文的第一规定、第一伦理，真相，真理，真实在场。

散文还强调自由，这是从散文的精神来说，从散文的质地来说，从散文的文体来说。散文没有既定的文体规范，散文的文体是敞开的，这样的无边的自由是十分考验散文写作者功力的。但散文又是同质化最严重的文体，很多人都沉浸在亲情、乡愁、风景、小花小草的书写中，很多人偷懒，就会陷入一种书写的惰性模式里，散文给人自由，有的人却逃避散文的自由，很多人依靠着一种模式，在这种模式里安逸地书写，这是散文创作应该警惕的。

所喜的是，在五个作者的文字里，我们看到他们避免了当下散文创作的一些弊病，他们都有着自己鲜明的个人面目，有着自己独特的声音。大家都在自己的园地里精耕细作，散文家最像一个农夫，戴着斗笠，赶着耕牛，无论刮风下雨，无论雨雪风霜，热也好，冷也好，专注着脚下的土地，这样的收成，是最有成色的，因为每个文字，就像一粒粒的粮食，都有着汗水的反光。

散文是一个敞开的文体，祝福五位作者的文字，都有明媚的未来。

（耿立，广东省散文创作委员会副主任、珠海市作家协会副主席。）

自 序

曾经，我以为文字只适合记录哀伤与苦难，年复一年，固执地渲染那股悲凉的心绪。这似乎与我青少年时代阅读的书籍和成长经历有着很大的关系。后来，突然发现这些文字有了光彩，它能将万事万物描绘出绚烂光彩，也能把细碎繁芜的生活刻画得生动可爱。这是多么美妙的发现！

我不太喜欢热闹，也没有什么特别的爱好，安静的时候看看书，写一些文字。对自己来说，文字是最忠实的朋友，正如空谷里的回响，让忙忙碌碌的心灵得到慰藉，也让思绪有了些许沉淀。也许，对于不太爱说话的人来说，文字是最适合的表达方式之一。

有时候，感叹于时间的逝去，毫不留情地带走一些人或事，但它又能沉淀下一些古老而永恒的东西，如童年的回忆、故乡的印记、成长的秘密……而对于这些，我常常会遗忘，大脑就像一个混沌的世界，模糊不清，又时常隐约出现在深夜的梦境里。我只能从许多年前留下的文字中，去寻找那些似乎被遗忘却又深藏于冰山之下的事物。原来，它一直在这里。

给孩子选书，总是偏爱那些天马行空、幽默风趣的书籍，或是色彩鲜艳的绘本。他这个年纪，就应该多读这类文字。很感谢这些可爱的文字。

而我，越来越喜欢朴素的语言，无须过多修饰与雕琢，就像这个年纪喜欢的东西一样，简洁的服饰，简朴的生活，简单的幸福。

归途，是来路的归根与追寻，是心灵的归真与安宁，亦是未来的归向与探索。

在珠海，我总能感受到一些不动声色的平凡，那是寻得心灵慰藉之所的安定与富足。

而对于唐崖，总有一种跨越时空的复杂的深情牵绊着我，那是深入到骨髓的民族基因与童年记忆，再多的笔墨也倾诉不尽。

从悠悠唐崖，到桃花源里，是从青春年少至三十而立的一路浅吟低唱，是走出荒原始终如一的信念和勇气，有坚定和迷茫，有雨雪和初阳，亦有至亲好友的陪伴和鼓劲。对于这些，我是真诚感恩于心，并永远不会忘怀的。

这些碎碎念的文字，称不上一篇好的文，权且当作此书的纪念吧。

2023 年 5 月　于珠海

目 录
CONTENTS

走出荒原

走出荒原 / 2

局外人 / 4

珠海的云 / 7

旧院的玉堂春 / 9

归途（一）/ 11

归途（二）/ 15

轻与重 / 18

花 语 / 22

怀念那些绿色 / 26

写在夏日 / 28

春天里的梦幻天空 / 30

乘车去旅行 / 32

笨　鱼 / 34

广播里的情书 / 39

写在二十九岁之末　/ 41

回　家 / 44

生活，你慢慢走 / 47

早产儿 / 50

命运与天使 / 55

守　望 / 58

和未来谈你 / 60

三十而立 / 63

跨年夜 / 66

游石溪 / 69

老李旧象 / 72

谭　老 / 76

荒原之子的结局 / 79

飞鸟班的夏天 / 81

遇见你最美的样子 / 84

诗育春芽 / 89

诗心向远方 / 96

《凤山春芽》第十期：写在后面的话 / 98

孩子，我以什么来衡量你？ / 100
来自星星的孩子 / 103

桃花源里

锦官城行记 / 108
读渊明 / 115
我眼中的苏轼 / 120
像"她"这样的一个女子 / 125
相信未来 / 131
土家人的年节文化 / 134
永恒的魅力（《纯蓝的艺术》序三） / 142

悠悠唐崖

悠悠唐崖 / 150
故乡的井 / 154
故乡的秋 / 156
泥土的味道 / 158
花香的记忆 / 160

雏　菊　/　**164**

别唐崖　/　**167**

又见唐崖　/　**170**

乡　雪　/　**172**

小石书记　/　**174**

在路上　/　**178**

老院儿　/　**181**

母亲的故事　/　**187**

土家往事　/　**203**

走出荒原

选择在春天出发,是因为我在春天里,看到了生命中永存的高贵。

我要在这荒原上,开出美丽的花来。

走出荒原

从选择流浪的那一刻起,我就已经将我的心,交给了头顶那片广阔的蓝天。

又是一个阳光灿烂的三月。桃花盛开,绿叶舒展,我在最美的季节踏上了征程。说是征程,毋宁说是流浪。因为我已经迷失,迷失在这广博而浩渺的人生海洋中。我告诉自己,只需把自己交给一堆堆书本,交给书里的那些风流才子、世事沧桑,交给风情万种的江南——就好了。我这样做了,可我已不知去向。

我是这样迷茫,像一头身强力壮的牛,只顾低着头,一步一步艰难而执着地往前走。鞭子抽打着我的身体,一下又一下,刺痛灵魂深处的隐秘。我像一只小小的蜗牛,想要到达阳光照耀的树端,怎奈自己没有毛虫的脚,也没有蝴蝶的翅,内心焦急万分,害怕时,只能躲在自己看似坚硬却无比脆弱的壳里。只待清晨来临,又不得不隐忍前行。我想,只有先充实自己,才有资格去谈梦想。我不相信天道酬勤,却只能以自己的无知来推翻这荒诞的想法。过去的日子,让我不再留恋徘徊,而我对于失败却始终怀有莫大的恐惧。我不想让自己再次失败，再次使自己身陷绝望无助的境地而无法自拔。

权且把这独自的流浪，当作一个人的旅行吧。一个人的旅程，注定是孤独的。没有同伴，没有相机，我独自奔走在蔚蓝色的天空下，时常遥望寂寥的远方。汗水带着暖意，已快溢出我饱含泪水的心。偶尔，看看天空的浮云，聆听啾啾的虫鸣，我的心便不再是一片荒原。这些美丽的风景在我的心里沉积，渐渐酝酿成养料，滋润我贫瘠的灵魂。

灰色的日子是艰难而苦涩的，但只要想到我心里那个久远的梦，我就会立即苏醒。尽管，那只是一个醒着的梦，一个永远只能以"梦"的身份存在于我的生命中的梦。但我依然醒着。追求，并不意味着得到，而是一种生活的状态。于我来说，反倒成为一份执着，甚至可以称之为固执。有了这份近乎于固执的执着，我便不再惶恐不安。即使身在流浪，即使是一个人的旅程，我也能找到无数个理由，支撑我日渐枯萎的心慢慢绽放。

初春的阳光下，一堵斑驳的墙上缀满了淡淡的绿。那是一墙爬山虎。点点绿叶仍显稚嫩，却清新无比，充满生机。它们努力地向上生长，向我诉说它们的隐秘。

阴暗的日子太过长久，我的心灵之地已成一片荒原，毫无生机，也毫无乐趣。选择在春天出发，是因为我在春天里，看到了生命中永存的高贵。

我要在这荒原上，开出美丽的花来。

局外人

近日，得知友人回归故乡，甚为欣喜。读了她的文章，我也感同身受，感慨万千。当我读到"为了女儿就算只有我独自一人的陪伴也能快乐地成长，我选择回家，回到离母亲最近的地方"这样的句子时，不禁潸然。

她漂泊异乡十年，也曾叛逆，也曾伤感，也曾做了南国边陲的异乡人。如今，直到她做了母亲，才回到故乡，回到十年不堪回首的梦里。我想，我也和她一样，远离故土，只是为了逃离，抑或疗伤。不同的是，她已释然回归，而我，依旧在漫无目的地漂泊。

还记得那个冬天，武汉下了那年的第一场雪，非常大，天很冷。因了一次偶然的机遇，我签下一纸协议，轻易地决定了我接下来的人生轨迹。我走在大雪覆盖的路上，心情莫名地慌乱。一切都来得太快，我根本来不及细想，就这样决定了我的未来。

第二年夏天，我将关于青春的所有记忆统统打包，只身南下，来到了现在这个城市——珠海。

对珠海的印象，第一是很热，非常热，太阳晒得我眼睛都睁不开；第二是很干净，天很蓝，人也似乎离天空更近。

在这个城市，我拥有一份稳定的工作，有这个城市的户口，享受着这个城市的福利，甚至也有自己的房子，在别人看来我已然是个广东人。然而，只有内心的那个我，时常提醒自己，我并不属于这里。我生活在此，心却始终不定。我的心就像无根的浮萍，想寻得一处安稳的所在，却是身不由己，随波逐浪。南方菜肴的寡淡，湿热的气候，无法彻底融入的文化，还有那听着抑扬顿挫、韵律和谐却怎么也学不会的方音，都在向我昭示着这局外人的身份。

坐月子时，母亲给我吃海带，说我们家乡的女人坐月子都吃这个，而身为南方人的婆婆却坚决不让我吃，我则毫不犹豫地选择了母亲的建议。结果却是，宝宝吃了我的奶拉肚子了。医生告诉我，不能吃海带。回想刚来这里的两年，我常常因为水土不服过敏，因为口味太重到处找家乡的特色菜，因为紫外线太强而不想出门……不知何时，我的身体早已适应了这里的水土。时间和距离慢慢改变着我的思想，也改变着我的身体。

母亲每次来看我，都要千里迢迢地从家乡带来土特产，腊肉、香肠、茶叶、腌菜、布鞋……这些数也数不过来的家乡风物，一下子唤醒了我对故乡的所有记忆。母亲带来的，不仅是特产，也是家乡的嘱托。

吃着久违的家乡菜，看到母亲忙进忙出的身影，我明白了，我是属于故乡的，是属于鄂西的，是属于那绵延无尽重重叠叠的大山深处的。故乡的印记已深入骨髓,我改变了户口,改变了环境,改变了身份,却改变不了与生俱来的思想和气质,改变不了故乡赋予我的一切。

当初我想逃避的地方,如今在我的记忆深处却越发清晰明朗了。不知不觉中,我发现走得越远,越觉得思念了。

当初的逃离,早已预示了今日的漂泊无依。心之所往,孤叶飘零,回不去的故乡,回不去的人,故乡的印记,已在我脑海日渐模糊。然而,我心中所念的,仍是故乡的山山水水,人情风物。

珠海的云

我时常讶异于这儿的云，有如此多的形态，如此多的颜色。

天空是澄澈的蓝，蓝得见了底，仿若一幅巨大的幕布，又如一只深邃清明的眼。每日，无数的云在这里登场，变幻着日月，细数着光阴，看这个城的日新月异，看红尘的人世浮生。云卷云舒，从不留下昨日的印记。

有时浓云满布，一丛叠着一丛，一簇挤着一簇，那云显得十分凝重，在近处的山头上堆叠着，从不嫌山会累，会烦。白的，纯净无瑕，像奶油挤在一块块绵柔的巧克力蛋糕上，散发出甜腻暖人的意蕴。银灰的，像镀了一层金属，厚重，深沉，氤氲着秋日的舒爽味道。有时的云轻盈又飘然，像一缕轻烟，像一丝绒毛，像浮游在水里的一道轻纱，静静地飘着，不知是哪一位仙子，在这蓝盈盈的水边浣纱呢。天气晴好无风的日子，偶尔只有一片孤云，在遥远的天际浮着，不游动，也不飘散，是一位谪居的道人，参透浮华，静观天地。有时，云会变成雾状，缠绕在山头，满载着不可与人说道的心事，直至日上三竿，迟迟不肯散去。

最妙的是配上霞光。火红的，绛朱的，粉红的，镶着金边的，亦有如佛祖莲花宝座后射出的万丈金光的……早晨或傍晚时分，云彩披着各色霞帔，或偶露笑靥，点缀广袤的天空，或铺红半天，毫不遮掩地展示她们的热情。运气好的时候，还能碰上一抹彩虹，或横架穹顶，或涂抹天际，总能给我带来欣喜。那欣喜，正如儿时吮吸一块糖那样美妙而不可言喻，它是从心底里喜欢的，不带任何杂念，仅仅是喜欢而已。

一日清晨，我就发现了一小段彩虹，她就那样挂在云头，不经意地，不张扬地，挂在那一朵"文"字形的云头，就在那一"横"的末端。她虽这样小巧，却集齐了赤橙黄绿青蓝紫七种颜色——也许并不只七种。我在心里暗喜，在这样一个平常的早晨，在这样一条车水马龙的车道上，人们行色匆匆，若无其事，似乎只有我发现了它。

车子在路上奔驰，我尽情地欣赏她想极力藏匿的美。像羞涩的少女，从窗纱的那一面悄悄探出头来，微微地笑着。像开在幽碧里的一朵水莲，娴静淑芳，与世无争。

我就这样望着她，穿过路旁的树梢，跃过高耸的楼房，迎着温煦的阳光，静静地望着。像穿越千年的爱恋，像恍如隔世的对望，像《诗经》里的一阕忧思，歌着水边的蒹葭，水里的青荇。此刻，累日的压抑和忧虑都消散而去了，消散在阳光里，消散在那一抹温柔多情的云彩里。我只需仰头望她，不言不语，不即不离。

旧院的玉堂春

我们到这个院子看见她的时候,已是二月了。花已经开过了,只留下几朵残红挂在枝头,在暖煦的春光里懒洋洋地摇曳着。

像暮光里的妇人,懒待梳洗装扮,目光略显呆滞,她毫不理会我们的到来,只顾梳理自己的哀思与愁绪。一块木牌挂在她的枝干上,上面写着——"玉堂春"。同行的一位朋友说,只在颐和园见过这种花。原来,这是十分名贵的花种,多生长在皇家园林。

这株玉堂春,长在北山杨氏大宗祠里,就在院子里的东南角,在一方石头花盆里,孤独地立着。树冠并不高大,虬枝错落有致,倔强而坚挺地展开,一些绿色的叶子,闲散地随风摇着。我伫立于她的脚下,抬眼看去,以一团厚重的灰色的云作背景,似乎瞥见了她略显疲惫的花颜,这与网络上她的靓照相去甚远。

"真可惜!我们来晚了。"像面见一位遥居多年的故友,匆匆而来,满心欢喜,最终却只看到了她的暮年老态。许是真的老了，毕竟已一百多年了。当年，杨云骧花了五百两白银将她从江南买来，种在庭院里，那时，她许是一位芳华正茂的少女吧。春去秋来人变换，年年花开年年红，她独守着院落，尽情地演绎着自己的青春与激情，在广东甚至岭南地区，早已远近闻名。然而，世人为睹其芳容，慕名而来，过客万千，谁曾牵着她的手倾听衷肠，谁又能读懂她的心呢？一百多年的沧桑，足以让杨氏族人聚散离合，百转千回，足以让岁月的光华浸染鬓霜，物是人非。我们对人世尚且宽宏，又何必为去追究一棵植物而扫兴呢。

此时，颐和园的玉堂春应该还在孕育着鼓胀的花苞，等着春风骀荡，一绽倾城吧。只是，南方的春天来得这样早，叫赏花的人赶得好紧。虽是仲春，因旧院里再无其他繁花，便更添了暮春的颓败。这个春天，我与她，终究是错过了。

书店门口的牌子上写着：一百多岁的木棉花开了。我抬眼望去，祠堂外墙边上，几株高大的木棉树正伸直了臂膀，高擎着一簇簇火红的木棉花，在高远的天空下灿烂夺目。

归途（一）

夏日，南国酷热正酣，我寻得一枚车票，终于踏上回乡的路。

坐在火车的卧铺上，车窗外的风景快速向后退去，像播放着一张张褪色的底片，也播放着我紊乱的思绪。列车从广州一路北上，翠色渐浓，山越来越多，越来越高，隧道、桥梁也越来越多了。天色渐晚，两旁的山丘画出一条条优美的弧线，途中或见一点乡野孤灯，一条无名小溪，一个寂静小镇。不知不觉夜已沉寂，整个车厢都安静了，人们早已安然入睡。我拉上窗帘，和衣而卧，听着车轮与铁轨撞击发出有节奏的"哐哐"声，仿佛置身于一个巨大的摇篮里，温暖，安心。此刻，我的心是笃定无比的。

六年前，我也是这样吧，乘着同一班列车，一路南下，带着我的青春和梦想。

追梦，抑或逃离。

六年，从一个懵懂的女大学生，成为一名老师、一个妻子、一位母亲。我的成长,或者说是变化,倏忽之间,竟让我有点愕然了。时光,总是让人猝不及防地溜走了,想要伸手去抓时,它却早已溜得远远的,很快就消失在视线里,留下惘然若失的我,独立街头。

当初,我离开那个最初的家,然后迫不及待地想建立自己的"家",如今,孩子在哪里,我的家就在哪里。故乡的"家",早已在我的心头淡漠。我努力使自己安定下来,满心欢喜地购得属于自己的一所房子,然后满心欢喜地让自己的家越来越温暖,越来越贴心,以尽快取代故乡的"家"在我心中的位置。两个人,在这个陌生的城市,变成三个人。

躺在"摇篮"里,故乡的印记犹如断片的影像,依稀出现在我的睡梦里。此刻,窗外寂寥,儿时的记忆却历久弥新,不断冲击着我的思绪,也唤醒了我对故乡的最原始的情感。也许,回到摇篮,回到生命最初的地方,也就开始无意识地去寻觅,去追忆,去思考"我从哪里来"的命题。那个四季变换的园子,那条走过无数次的小路,那些儿时蹚过的河,摸过的石头,爬过的山,走过的青石板路,尝过的甘如蜜的果子,一起嬉闹的伙伴,某个深沉的时刻,甚至是某一篇泛黄的日记……记忆的碎片一片一片飞进我的脑海,渐渐拼接,重组,显现。我的思绪带着另一个我,穿越时空,一切仿佛已回到从前。

这一晚,我的脑海中上演了一部部回忆的大片,以我那遥远的故乡为背景,以我为主角的大片。

第二天中午,火车终于到站了。远远的,穿过熙熙攘攘的人群,我看见我的母亲和我那一岁大的孩子正朝我这边张望。这样的场景曾在我的生命里出现过许多次,上学归家,外出回来,母亲总会早早地等在车站,无论酷暑还是寒冬。而这一次,等我的还有我的孩子,这感觉既熟悉又陌生,我真想马上飞过去,抱着这个肉乎乎的小家伙亲个够。幸好,分离了一个多月,小家伙还认得我,迫不及待地钻到我怀里来。

从火车站到家里还有两个小时的车程,一路上,母亲认真地述说着小家伙这一个多月来的表现。每天吃多少饭,喝多少牛奶,睡多少觉。有一次他生病了,不过很快就好了,没有打针……母亲如数家珍,我就认真地听着。一路上欢声笑语,蓦地发现,窗外那些风景逐渐变得熟悉,我的回忆也逐渐明晰起来。

当我走进家门的那一刻,仿佛打开了记忆的密码锁,六年来,所有的回忆,牵挂,矛盾,迷惘,关于故乡,关于背离,关于人生,关于遭遇,关于抉择……都在这一刻释怀。家里一切照旧,陈设简单,客厅十分宽敞,正好给小家伙一个广阔的探索天地。家里一如继往的干净、整洁,这么多年来,母亲一个人操持家务,毫无怨言地撑起了这个家,虽然历经坎坷,却终于等到如今这阳光灿烂的日子。想到这里,我禁不住心头颤动,正好瞥见在阳台上忙碌的母亲,母亲鬓角已添银丝,我忍不住眼眶潮湿,转身进了房间。

晚上,母亲照例忙碌起来,做了一桌子我喜欢吃的菜。一家人围桌而坐,人人都带着笑意。此刻,若是哪一位归家途中的人瞧见我家窗户亮起的灯,不知会不会感受到我们的欣喜?孩子早早睡下了，我和母亲坐在阳台上，母亲在给小家伙做布鞋。夜色渐浓，山间晚风徐来，平添一丝凉意。母亲说："在广东，总是要吹空调，吹得我头都痛了。看，家里多凉快！"我笑而不答，望向天空，一轮皎洁的月亮正爬上山头，与对面青龙山上的灯塔遥相呼应。此刻，顿觉身心舒爽，心也无比的安静。

母亲已睡下了，我却毫无睡意，任由晚风吹拂，有不知名的虫子在鸣叫。阳台上，一束兰花正含苞待放，一盆萝卜苗长得郁郁葱葱，我顿生羡慕。城市里，是很难见到泥土的，我在阳台上种的花草，多半因为照顾不周或是阳光雨露不足而凋败了，每次看到枯萎的叶片，我不禁自责感慨，竟怀念起我的故乡来。我终究还是属于故土的。我爱此刻这清凉的晚风，爱这阳台上的花花草草，爱这片生我养我的土地。

夜已深，对面山上的灯塔不知什么时候已熄灭了，掌灯的人也已睡下了吧。只剩一轮皓月，升到中天，洒下一片柔和的月光，月光照到墙上，如丝绸般轻柔地铺开。此刻，我的心无比的宁静。屋内，我的母亲和孩子鼾声正浓。

归途（二）

故乡给我的印记，始终留在十五岁之前。十五年光阴，足以让故乡景象，那些人，那些事，深深地烙印在脑海，镌刻进生命，如同基因，与生俱来，即使毫无觉察，却无时无刻不影响着我们的生活，甚至决定着我们的命途。

鄂西唐崖，土司古城，一个遥远的土家族村落。温柔澄澈的唐崖河从这里流过，那连绵不绝的群山，勾勒出天际的曲线，还有镶嵌在群山里那些走也走不完的山路，编织成记忆和思绪，一笔一画，绘成原色的素描长卷。这就是故乡在我生命中最原始的样子，没有过多的修饰。

七月，归途。母亲，爱人，孩子。车厢里此起彼伏的都是熟悉的本地方音，还有孩子嬉笑打闹的欢声。于是乎，这次迢迢的归途，没那么沉重，也不那么寂寞了。是的，"沉重"，可以用这个词来形容。从十五岁那年开始，我就独自拖着行李不断地远行，越走越远，越走越久。先是外出求学，为着一些青春的幻想，为着文字的情怀与探秘，及至南下定居，再增添对未来的凭借与期许,又或许,也是为了逃离,忽然又是十五年光阴。这十五年,每次归来,目睹了家乡的变迁,也体验了生死离别,故乡于我,近了,又远了;远了,又近了……每当我独自拖着行李,风光满面地回来,总是装作一副很独立又很无所谓的样子,母亲看着欢喜,觉得女儿终于长大,过得好呢!她的眉梢,便扬起了喜悦,浮起了欣慰。

不知何时,故乡的山里架起了一条条高速路,竖起了一座座高楼,艳丽的霓虹灯跳着舞,许多名车开进了大山,打破了往昔的宁静。诚然,故乡是要进步的,我也为她的进步感到惊叹和欣喜。可是,我记忆中的故乡,仿佛永远停留在十五年前的样子,那是我漂流他乡,最为慰帖心灵的安身之所。在我心中,遥远的故乡,始终像母亲一样慈爱宽容,不论我离开多久,不论我从何处归来,她从不拒绝,也从不责备,总是用最温柔的眼神,迎我归来,又送我远行。

走得远了,心更加自由,也逐渐趋于成熟。珠海,我的第二故乡,给了我面对生活的勇气,给了我在三尺讲台面对稚子授业解惑的细致和耐心,也教给我宽容的哲理。就像她的蓝天白云,就像她的大海碧波,总能让我看得见她们来去的形影和变幻的流光。那里边儿,似有故乡青龙山山顶上飘过的一缕轻风,似有唐崖河河道上奔涌不息的浪花,似有着与故乡的青山绿水同样的血脉,那样的迷人,那样的深沉,让我那样地安宁。在这个城市,我从一个大孩子,成长为一位教师,一位母亲,她见证了我的汗水和热情,也接纳了我的青涩和狂放。她给人梦想,也给人脚踏实地的机会。她包容土著人的情愫，也维护外来人的尊严。高楼大厦之间，掩映着纯朴和善良，蓝天碧水之外，演绎着进取与豪放。于我而言，这个城市给予我的，是从容淡定的底气，和独自行走的勇气。从北到南，从大山到海滨，从青春韶华到而立之年，从我到我，从心到心。一条路，走得安心，便知了归途何来，便不问归途何往。

　　城市，田园，高山，大海……都是故乡的样子。今时今日，去，或留，皆因一些割舍不下的牵挂。回，找寻来路，去，亦是归途。

轻与重

"天鸽"来袭,船倾树折,屋损人悲。足可见,风雨无情,可毁万千繁华于一旦。

大风之后,全城上下,勠力同心,重建家园,珠城生机重现,残枝再发新芽。行走各处,见草木由枯黄渐次披绿,由此,感恩之念便常常生发于心。

感恩我的身体还在,健全地,白昼行走,夜间休憩。感恩我有一个庇护所,每日笑看家人安乐,一家人围桌而坐,享受着简单的晚餐。感恩太阳每天落下又升起,感恩花红吐蕊,细水长流。感恩天灾之后,折枝新绿,断木发芽。感恩天空星宿陈列,云卷云舒。我甚至感恩夜里蚊子的躁动,让我从沉沉的梦里回到卑微的世俗,告诉我:我还在,世界还在。

连日来,心情始终无法平静,全校师生都在为我班的一个小男孩募捐,他患了重病,牵动着无数人的心。犹记得十数天前,孩子的父亲找我请假,我不知内情,若无其事地问到孩子的病况。这位平日里大大咧咧,说话如雷的中年男人眼眶潮红,竟至无语。过了许久，他才颤颤巍巍地将医院诊断书摊开在我面前，上面赫然写着——白血病。那一刻，我不再言语，也无需言语，这三个字犹如触心之锥，仿佛一种魔力，足以让我失去这么多年运用娴熟的语言能力。这一刻，所有的语言都显得苍白无力，我唯有定定地注视这位父亲的双目，力图以此来表达我的镇定与鼓励，但是，我一望向他，就立刻将目光转向了窗外。我无法面对这样一双眼睛，那里面写满了无尽的悲恸与无奈，能让我想到地震中哭泣的孩子，台风后默然的老者，战乱中纷扰的难民，贫民窟里饥饿的孩童。他们，有着不同的痛苦，却有着同样的无言。我说不出一个字，只觉头皮发麻，两眼眩晕，颓然地坐在椅子上。

桌上的绿萝生得正旺，绿得发亮，叶片在微风里轻轻摆动，似乎在向我诉说着它们的隐秘。就在前日，这个小男孩还那样生龙活虎，就在我的课堂，就在我的眼前，正如我眼前的这些植物，看上去是那样健康，充满稚嫩和生机，让人怎么也无法将他与这样深重的病痛联系在一起。我甚至还抱有一丝幻想，也许是医生弄错了，或者是命运之神无意之间开的一个小小玩笑罢了。然而，一切都是那么残酷，残酷得让人恍如隔世，如临虚幻。

消息一发出去，学校的孩子和老师积极募捐，短短一天时间，就筹集了十万余善款。一个小女孩走到我面前，将一小袋硬币放到我手里，那里面有一元的、五角的、一角的，我们一起数了，总共是四十八元七角钱。我不确定这个小女孩存了多久，但确定的是，我从她纯净的眼睛里看到了生命最初的美好与良善。

孩子们开始折幸运星,放在透明的罐子里,大大小小的星星挤在一起,筑着彩虹般的梦。孩子们在彩色的信笺上写满祝福,字体稚嫩,歪歪斜斜。一个小女孩折了一只千纸鹤,托我带去,她说纸鹤能带去好运。一个男孩在他的日记本上写道:"一双小手,折一颗星星,五十双小手,折五十颗星星,一颗都不能少。"

学校财务将一千多张百元大钞整理妥当,还有一大叠零钱,用皮筋扎好,放进袋子里。当我从他手里接过袋子时,似乎感觉有千斤重。这个袋子,对孩子的家庭来说简直是杯水车薪,对命运之神来说也毫无意义,却凝聚着我们全校两千多名师生共同的心愿和深深的祝福。

我去医院探望孩子,听说他们一家人正在排队抽验骨髓。小男孩站在冗长的队伍里,手里拿着化验单,煞有介事地念道:某某某,八岁,白血病。他很认真地念着,周围的人投来善意的微笑和怜悯的目光,父母却早已悲从中来,躲在一旁悄悄抹眼泪。

在病房里,小男孩躺在床上看电视,见到我们礼貌地问了好。那日见他,脸色红润,食欲也好,仍是平时的样子。我第一次亲眼见到这样的病,在我的印象中,白血病人都是戴着帽子,一脸忧郁和漠然,站在窗前凝思着什么。可这孩子,头发黑油油的,嘴唇也有了血色,看上去他并不知道自己的病究竟有多么可怕。可是,我却喜欢他这样的无知无虑。

听男孩的父亲说,在这家医院,就在这个病区,像这样的孩子还有许多,床位不够,只得住在走廊里。我愕然了,心再一次被刺痛,渗出了血,不可言状。同时,我又替这孩子感到庆幸,此刻，他正安静地躺在病床上，与我们说话。此刻，他在，我在，孩子的父母亲都在，这样就很好。

当我将袋子交到男孩的父亲手里时，却觉得这袋子此刻无比轻飘。在未可知的命运里，在毫无计划可言的生命中，金钱如此重，又如此轻。我恨不能将几百万递到这位饱受磨难的父亲手里，说：拿去吧，给孩子用最好的药，做最好的治疗。然而，无论多少钱，都不如上天对他说一句："回去吧，孩子，我只不过跟你开了个玩笑。"

离开医院时，我和小男孩拉手作别，我用笑容给他以鼓励，他也给我以快乐的微笑。

九月的天气仍是燥热，阳光明艳地洒在周遭，绿树愈显青葱。我在心里默默为小男孩祈祷：孩子，祝愿你早日重返校园，好好学习，健康成长！

生命之轻，轻时随风而折；生命之重，重时高于一切。感恩每一个生命的存在，唯愿自由呼吸，各自安好。

花　语

　　身边有一群爱花之人。女人，更是花的知心朋友。

　　闲暇时候，大家开启团购模式，各种花啊草啊，乘着快车，来到众人的桌上。

玫　瑰

　　每次购花，玫瑰最受欢迎。戴安娜、粉佳人、卡罗拉、粉荔枝、金香玉……光听这些名字，就让人觉得够美了。

　　玫瑰最经典，最多彩，也最娇嫩，人人都小心呵护。去刺、切口、插瓶、换水，还在水中加入消毒液，以保持花的新鲜。换水时，不可让花瓣沾水，有的娇嫩品种，甚至连瓶口的水也不能沾染到花茎上。虽然过程如此烦琐，各人也自得其乐。

　　爱情故事中，玫瑰永远充当着最经典的角色。在浪漫的节日，一束玫瑰花足以让气氛变得柔和、温暖而梦幻。一早起床，端详着阳光下灿烂的花颜，也足以开启美好快乐的一天。红的热烈，粉的娇羞，白的圣洁，黄的灿烂，紫的神秘……更别说带着撩动人心的香甜气味，怎能叫人不爱怜呢。可以说，玫瑰的魅力，没有哪个女人能够抵挡。如果有人送我九百九十九朵红玫瑰，我应该也会像个少女一样高兴得笑出声来吧。

感谢昆明的四季如春，感谢运输业的大力发展，让我们一年四季都能欣赏到最美最娇嫩的玫瑰花。

也有一些蔷薇品种，被冠以玫瑰之名。不过，在爱花人眼里，不论玫瑰还是蔷薇，都是生活中最美的点缀。

向日葵

在所有的花中，向日葵最耀眼。它灿烂的颜色，硕大的花盘，配以苍翠的绿叶，最能让人感受到阳光的味道，还原大自然的本色。

向日葵花茎粗壮，带有白色绒毛，用剪刀斜口切开，插入水中，能维持一周以上。我喜欢用粗陶花瓶，或白瓷瓶，插上三五朵向日葵，满室顿时添了生气。不用搭配别的花，自成一道风景，一点也不会单调。

有一种泰迪向日葵，花瓣纤细、繁密，真似泰迪犬那毛茸茸的小脑袋，甚是可爱。

凡·高画向日葵的时候，眼里是否看到了太阳。

尤加利

我时常插的,是叶片呈心形的尤加利枝叶。无需繁多,一两枝即可,顶多三五枝,可插白瓷瓶,也可插在水晶玻璃瓶中。置于书桌、茶台、小几,无需多余装饰,最好地诠释了大道至简的哲学。

心形的叶片次第排列开去,整齐而错落。其枝条有的笔直,有的自然弯曲,如此搭配,自有心得。尤加利叶片上似乎涂了一层白霜,哑光的质地,很有质感。尤加利独有的香气,能提神醒脑,镇静舒缓,给忙碌的生活带来几多慰藉。

尤加利的花语是恩赐,据说在澳大利亚贫瘠的土地上,尤加利却生长得很好。能在艰苦环境下繁荣生发者,必受人敬仰爱慕。

素 馨

"素馨一种,花之最弱者也,无一枝一茎不需扶植,予尝谓之'可怜花'"。

为此,我心疼了一晚。

究竟是如何柔弱的一种花,让清人李渔送给它"可怜花"这个称号。就像我们身边的可怜虫,让人不禁去探秘其身世,好叫人更周到地去可怜他。

几经查阅，我发现这是一种洁白无瑕、香气清冽的花。也许我曾见过，但不知其就叫素馨。素馨，素雅，温馨，多么可爱的名字，却被李渔送了个"可怜花"的外号，我有点不服。

花之最弱者，如人之最弱者。强壮如树木，柔韧如藤蔓，皆能顽强生长。素馨之花，枝叶虽软弱无力，但开花时灿烂繁茂，洁白如玉。予未觉其可怜，但见其伟大，正如人类伟大的母亲。

自然之道，我坚信每一片叶，每一朵花，都能找到最适合自己的生长方式。

怀念那些绿色

正是盛夏时节，窗外的植物长得正旺。我所在的考场，正对着操场边的那一架炮仗花。初夏已过，那些热烈绚烂的花儿早已凋谢落尽了。那些绿色的叶子层层叠叠，挨挨挤挤，沿着花架攀缘而上，一路铺开而去，像极了一股绿色的热烈的生命之流，铺满了整个花架，形成了一道天然的绿色凉棚。

考场里，学生正埋头答题，我仔细瞧了，有一道题是：写出关于"花中四君子"的一句古诗。我抬头望向窗外，不禁莞尔，那葱葱茏茏的炮仗花藤下，不正悬挂着这些诗句吗？此刻，在那些抓耳挠腮的孩子中，不知哪个有心的人能发现这个秘密。

"不行啦，毛虫太多了，这架子得拆了。"两月前，有人说。我不禁感慨，这一架长得正旺的绿色瀑布，命不久矣。暑期马上就要到了，我知道，我得与它们告别了。

园林师傅拿起修长的园林剪，把那些伸得太长的不听话的藤蔓剪掉，地上已堆起了被剪掉的绿色枝叶。我倒是喜欢看他们自在舒展的样子，他们不理会烈日的灼晒，不理会喧闹的孩童，在夏日的光阴里，自由任性地舒展着。细长的藤蔓在阳光中划出一条条优美的弧线，自由地垂着，在微风中摇曳。如果有人走过凉棚，他们便轻抚过行人的脸颊、肩头。在这些稚嫩的翠绿的藤蔓里，透过他们背后的阳光，我似乎看到，那里面流淌着最鲜活最灵动的绿色生命之流，像血液在血管里流动。不错的，那就是他们的血液，他们的乳汁，他们的寄托，同时也饱含着最卑微也最执着的希望之光。

他们，是活的。

这是一座老校，园里的建筑也老，植物也跟着老。犹记得几年前，校园外的小路两旁生长着高大浓密的小叶榕，郁郁葱葱，枝繁叶茂，几可蔽日。清晨，我踏着星星点点的光影走进学校，似乎也浸染了它们的生命之光，顿觉神清气爽，舒适自在。后来，街道改建，这些树被剪断了枝叶，连根拔起，整条街道便曝晒于烈日之下。我还记得那日的惨状：满街的碎叶折枝，裸露在外的树根，一截一截的树桩挤满了每一辆卡车。自那以后，我走在这条路上，少了些闲情逸致，更不忍那烈日的曝晒，却是脚步匆匆了。

此刻，窗外的那些绿色，似乎与路边的榕树有着同样的命运。就在顷刻间，窗外那些线条被师傅修剪得干干净净、整整齐齐，师傅满意地点点头，收拾起地上的残枝败叶。然而，生命仍在继续。对于这些可爱的绿色，我似乎不能做些什么，唯有不舍罢了，唯有怀念罢了。在夏日的微风中，飘来一丝淡淡的青草香，倏地，又随风飘散去了。

写在夏日

当阳光带着美妙绝伦的歌声临近大地之时,夏,便载着他满身的新绿款款而来。夏日里有一种柔柔软软的清新,透出洋洋洒洒的温情,让人总是无法将它从身边排斥开去。

那湛蓝湛蓝的天空,仿若一潭清澈的碧湖,纯净得没有一丝杂质。那洁白如雪的云朵,更像是一团团轻盈的棉花糖,丝丝缕缕缠绵不绝。有了清纯的天空,更有那绿意浓浓、葱葱郁郁的树,那树风华正茂,伫立水边,一条清澈小溪在身边欢快地流淌……这一切时常让我心醉,夏总是如此美妙,美妙的季节,美妙的日子。

在享受过冰镇柠檬水的清爽之后,喜欢穿上轻松的短衫长裙,踏上喧嚣的大街,不时抬头看看头顶的蓝天,或者回头瞧瞧身后的绿树,迈着轻松的步子哼着轻快的歌。看着身边匆匆忙忙的车流和人群,我却是闲庭信步,我在想着生活的美妙,我在想着存在的意义。

夏日的阳光没有春日的温和,秋日的爽利,冬日的柔美,却是很活泼很灿烂很清澈的，像一个奔跑在原野上的唱着甜美歌声的少女。浓绿的树叶被阳光照得晶莹透亮，剔透的叶子透露出难以言表的美，美得洒脱，美得大气，美得让人心醉。

阳光带着青草的芳香和百灵的鸣唱，如水般倾泻下来，照得我暖洋洋的，想大睡一场。在这样的阳光里睡下是很神秘很温暖的，可以做一场浪漫十足的梦。阳光透过梧桐叶片，晶莹剔透如水晶一般。在这一颗颗绿色的水晶里，藏着关于我的许许多多的梦。

就是在这样一个平凡的夏日，午后的阳光正好，一个男孩来到河边。他穿着洁白的衬衫，目光清澈，坐在河边的堤岸，一双细长的腿悠悠然地甩着，纤长的影子，悠悠然晃动着平静的河面，我被他这纯净的形象感动了。这样纯净的下午，这样纯净的人，正好装点了我独享的午后。

更惬意的是仰面欣赏镶嵌在碧穹里的浮云，想着自己站立云端，仿若独自一人漫步在柔丽的微风里，头顶着枫树、白桦，耳边有悠远悠远的蝉鸣，消受着这般宁馨的空气，谁也不会再感到疲累。淡淡的蓝，柔柔的绿，人不会再为烦恼所羁，谁也不愿让污浊的事物来打破这般可爱的单纯。

这个夏日，似乎比往常去得早些。还没待我享受其中的欢愉，他就急匆匆地离我而去了。也许，这正是我这段时间心境不太安宁的缘故吧。

春天里的梦幻天空

春天里的一切都那么纯净，那么清新，万物都是充满生机的生灵，那梦幻似的天空，像一个温婉的少女，娓娓地讲述着春天的故事。

傍晚时分，辽阔的天空湛蓝湛蓝的，那种蓝，不是深沉的忧郁的蓝，而是淡淡的，清新明快，蓝得让人心醉，让人心境清澈，如此纯洁——纯洁得让人不敢心存一丝杂念，不忍心羁绊一丝不快。

天空的颜色由浅入深，到与远山起伏的天边是一带浅浅的白色，如水般清明透彻。这种色调的变换，即使是再高明的画家也描绘不出的，这是一种自由，一种自然，毫无雕琢的手笔。洁白的云朵簇拥在天空的一边，静静地停在我的头顶上，仿佛凝固了似的。白白的云朵让人想到了蛋糕上的奶油，隆冬的雪花，天使的羽毛……不，这一簇簇白云比奶油更纯净，比雪花更剔透，比羽毛更轻盈。

一片清纯的蓝天，周围是淡淡的薄云，月亮的影子挂在远方的天空，如此遥不可及，隐隐约约的，让人觉得那淡淡的月影是自己生出的幻象。可那又不是幻象，她明明伫立在天边，像楚楚的少女，静默地望着近处的浮云。

一架喷气式飞机拖着长长的尾巴划过天空，留下一条清晰的白色烟雾。飞机在水晶般的天空款款而行，犹如一朵轻盈的蒲公英，闲散而惬意地游荡。它给宁静的蓝天带来的不是浮躁，而是一种难得的宁静与恬美，动与静，白与蓝，达到了至高的和谐之美。

如若在这样的天空下睡去，那将是怎样的一种美的享受啊。

乘车去旅行

当生活乏味，选一个晴日，穿上自在的衣服，打好背包，换一种心情，我们乘车去旅行。

要坐那种公共汽车，不要飞机、火车、轮船……

汽车载着我们行驶在弯弯曲曲的公路上，驶向未知的前方。正如我们的生活，转来转去，总是在朝着未来的方向行进。

乘车走来，一路风景，万种心情。

打开车窗，风在耳边呼呼作响，山野的气息沁人心脾。头转向窗外，任清风拂面，任短发飞扬，任窗外的风景来了又过去。闭上眼，让思绪翻飞，张开思想的翅膀，思考，回忆，向往——关于过去的、现在的和未来的。

就这样，让心迎着风飞翔，任车内浮华，任车后扬起一片尘土，任所有的人演绎快乐和忧伤。让自己寻一个祥和、安宁的心境，把思绪过滤，把心情放松，把所有的人和事、喜与忧，想起又忘记。

但生活不仅仅是幻想，更多的是难以抵挡的现实，幻想的泡沫总会在沧海桑田中滤尽。

飘飞了思绪，逝去了心情，关上车窗，像穿越了时空，猛地一下回到了现实。车还是那辆车，座还是那个座，只是不知走到了哪一段路，不知何时身边多了或者少了一些人。此时，心里不免生起莫名的牵挂和忧伤。

一层玻璃，隔开了车内车外两个世界，也隔开了幻想与现实，隔开了不同的心情。

窗外风景，窗内心情。

窗外，任风轻云淡，任高山流水，任乡野的青烟飘散，任静静的小河流淌，任雨中的杨柳飘飞，任草间的秋虫弹奏清幽的曲子……

关上窗，眼前依旧是现实。乘着车继续旅行，看着身边的一张张面孔，熟悉的，陌生的……只是偶尔瞥见窗外那迷离的风景，有时怅然，有时回忆，有时向往。

笨 鱼

笨鱼的眼泪

泪水啊,肆无忌惮地往眼眶外涌。可这泪水是甜的,这是笨鱼的泪水。

小溪从高山上流下,带着大山的灵气和阳光的味道。我喜欢小溪的清纯与活泼,他总是不忘自己的使命,从不间断地向前流淌、流淌。遇到山石,他毫不犹豫地冲上去,激射出美丽的水花。遇到陡崖,他也会毫不犹豫地俯身而下,绽放出绚烂如彩虹般的飞瀑。

我是一条鱼,一条名副其实的笨鱼。

我生活在山涧的溪流中,感染了他的智慧与执着。一直以来他也鼓励着我,包容着我。我的任性与执着,他都接纳。我的幸福与快乐,痛苦与泪水,都留在这条清纯活泼的溪流之中。小溪送我到渡口,此刻,我就要离开小溪,独自游到小河里去了。通过这条小河,也许我就能见到大海了。大海,这是一条山涧笨鱼的梦想和希望。

在即将离别之时，我才感到这条溪流对我的意义，我才为自己的任性和无知而忏悔。我曾经极度厌恶他对我的束缚与纵容，也试图逃离他的视线。我体会到鱼儿没有水的痛苦，也是他在我即将死去的时候挽救了我的生命。从我知道我是鱼的那一天起，我就知道我逃离不了水的命运，鱼儿离不开水，这是自然界永恒不变的规律。

可是，我不想在这里耗尽我的生命，小溪虽然清纯、活泼、宽容，但这条溪流却容纳不了我这小小的身体，小小的心。我背上行囊，义无反顾地朝小河游去。我心里有一个信念，使我坚定不移地离开了小溪——那条令我不能忘怀的细流。我在游向小河的时候产生了无限的憧憬，他应该宽阔无边吧，应该深不见底吧，应该能够容纳我这小小的身体小小的心吧。

牵挂，是从心底流出的甘泉，没有波涛撞击礁石那般汹涌澎湃，却如清泉般细水长流，清澈剔透。

鱼对水说：鱼儿永远离不开水。

水对鱼说：只有辽阔的大海才是你遨游的天堂。

是鱼非鱼

在一个充满活力的季节，上天把我创造出来——一个满身鳞片，有鳍有尾，而且有着优美身姿的家伙。

上天告诉我，我叫作——鱼。

我对自己的构造很不满意，满身的鳞片，我没有手，没有脚，也没有翅，甚至没有体温。生命的形态限制了我，我讨厌自己。

值得欣慰的是，我有一双会说话的眼睛。

我一来到这个世上，就知道怎样张合口鳃从水中获得氧气。上天还告诉我，我这一生只能呼吸水里的氧气来维持我柔弱的生命。

我每时每刻都在努力呼吸，以致不让我柔弱的身躯太过痛苦。

然而也有缺氧的时候。

当活泼的水流沉寂下来时，奔腾的波澜也渐渐平息，最荡漾的涟漪也销声匿迹，周围安静得可怕。缺氧的感觉并不好受，除了天旋地转的窒息，便是焦灼而漫长的等待。

这时的水，没有了往日的快活，而变得深远、凝重起来，他在思考。这凝固了的沉思似乎要持续到世界末日。苦煞鱼也！

每次从恍惚中醒来，我总感到身边涌来一阵柔和，一阵暖意。是水吗？

飞鸟经过小河，总是带着一个个美好的故事，他踏着时间的脚印匆匆走过。我坐在秋风吹过的礁石上等待他的身影，倾听着他急促的飞翔，我的心中便涌动着一个信念，对苍茫浩渺的大海的向往。

水有晶莹透明的身体，他将太阳的光芒折射向水中，水中的万物生灵都拥有了阳光的温暖和光明，包括我。水总是向低处流去，走出了一条蜿蜒曲折的足迹，抑或保留一潭温柔平静的港湾。他用自己的身体和信念将千万只小鱼小虾送往幸福的岛屿。

有人说：大地是花儿的天，水是鱼儿的天。可是我的天不在这儿，大海才是我的天。

笨鱼啊，那苍茫浩渺的大海不也是水吗？

……

水对鱼说：去到那深沉的大海吧，那才是你的安身之所。

鱼对水说：我要飞，水中非我愿。

子非鱼，不知鱼之乐。

与鱼对话

我是一只流浪的鱼。

——我是一只鱼，我在水里快乐地生活着，无止境地漫游着。在这浩渺无边的水里，我如沧海一粟，奋力向前游着，偶尔还要忍受大浪的冲击、来攻的天敌。

我没有约束，没有牵挂，没有留恋，自由是我唯一的拥有。

——鱼啊，你这呆子。

你总是沉默，尽管你生活在咆哮的浪涛中，你却无法表达自己的思想。你总是傻瞪着眼，眼里总是泪水，你却说自己生活在水中很快乐，你这呆子。你总是摇晃着身躯，搅得水也不得安宁。笨鱼啊，你这一生只能生活在水里的家伙，你哪有什么自由？

——我不是沉默，而是沉思。喧嚣的人自以为是智者，其实他是最脆弱的傻子。我眯着眼，是因为我喜欢享受阳光，你这虚伪的东西，你几时安静下来静静地享受过，思考过？不要埋怨我搅得水不得安宁，我在努力游向大海，水是我的动力，也是我的牵挂。

　　——你这虚伪的笨鱼，你根本就没有梦想，大海只是你内心的幻想。你想游去大海，是因为你不满于现在的小河，真可怜啊。就算有一天你真的到了大海，你才发现大海并不是美的，他凶悍、暴躁、阴暗、恐怖。到时候你就知道了。

　　——不，我有我的梦想。大海是美的，他包容万物，他辽阔无垠，他深不见底，他净化了多少污染又养育了多少生命啊！他所拥有的美德高尚而纯洁，像你这种俗物根本不会理解的。

　　鱼说：水是我此生最长的路。

广播里的情书

早上,听着广播里的一封家书,无论声音、情感还是配合的默契度,男女主持人都表现得恰到好处,以至于我不禁眼眶潮湿,一路淌着眼泪将车开到单位。

那是几封家书,确切地说是几封情书,是一位海岛军人与家中妻子之间的对话。内容不外乎是一对普通情侣之间的相思之苦,一对平凡夫妻之间的扶持相助,这样平凡的书信,对于我这个读了无数小说,看了无数言情剧的人来说,早已司空见惯,竟何至于这样动容。

许是司空见惯的情感许久未曾体验,抑或是生活匆忙的脚步填塞了我的内心。这样一个温暖的清晨,听着温暖的声音,和着温暖的曲调,我柔软的心亦变得温暖起来。

爱情是甜蜜的,日子是平淡的,有多少爱情被平淡的时光修饰打磨,失去光华,又有多少有情人在终日平平的日子里和争吵中忘了初心,最终殊途。我时常想,沈从文是多浪漫多温情的一个男人,在外游历,却时刻思念家中发妻,那穿越千山万水的一封封家书就是见证。在某个清寂的夜晚，这个柔情满肠的男人，独卧小舟，听着潺潺的流水，点一支烛光，伏案抒怀，还不忘配上一幅简单传神的画。读着这封信的女子，又是有多柔软，多丰富的情愫，与远方的游人共享一片蓝天，氤氲一份情谊。我又想到沈三白和那个被称为中国古代最可爱的女子——芸娘。古人有为发妻写诗作词的，但如三白为妻写书的确实寥寥无几。三白多情，芸娘烂漫，他们的特立独行在当时的社会算作"异类"。清朝中期，封建礼教和封建家长的势力仍算强大，再加上二人情商不高，遭遇诸多阻碍，命途多舛，结局凄凉，令人唏嘘不已。

而如今，网络和移动通信设备已十分发达，极少有人会再通过书信交流，孩子们甚至连书信为何物恐怕都不知。但那种等待送信人敲响家门的心情，至今想来都是神秘不可及的。而书信到手，郑重地拆开信封，捧着信笺细细品读上面的文字的时候，也是一种妙不可言的体验。上中学时，我曾做过一些令自己捧腹的事情，我以另一个自己的身份，写好一封信，从县城寄到我读书的中学，而自己就像真正等待着远方朋友的来信一样，每天都要去学校收发室查看。过了几天，信终于到了，我很兴奋，就像期待与一个久未谋面的朋友对话，拆开信封，看着我熟悉得不能再熟悉的字体，却依旧津津有味地品味信中的内容，就像是与另一个自己对话，颇有收获。

微信聊天记录可以保存，也很方便，但我觉得依旧没有白纸黑字记录下来的文字那么实在。有些话，写在纸上，味道更好些。

写在二十九岁之末

"女人一过二十五岁,皮肤就开始走下坡路。"常常听到这样一句广告词。无论是商家的销售策略,抑或是观众的危言耸听,一想到我的二十几岁即将过完,三十岁马上来临,我都不得不警醒自己,一个女人最美好的年华已离我远去了,并且是再也触不着,回不去的了。

我害怕衰老。不仅因为容颜的褪色,更惧怕因缺乏生活的智慧和足够的内省而虚度了光阴,辜负了韶华,终其一生了。再过个几十年,垂垂老矣的我,是否还能忆起今日的容颜及青春的印记?是否还能携子之手,山高水长?是否还能亲吻孩子的脸庞?是否还能与一二知己并肩信步,月下对酌?生,老,病,死,由不得我半点选择和犹豫,就像呼吸一样,毫无察觉,懵懂无知,却无时无刻不在细微而真实地发生着。

将近而立之年,却是一事无成。属于青春的幻想和快乐早已消逝,当初的美好期待和豪言壮语,都在历经人生的打磨之后日渐萎缩,今日看来甚至于近乎幼稚得可笑。命运的手将我抛在一条大江里，即使我如何努力，如何想办法，如何想明哲保身，如何想不随波逐流，却终究抵挡不住人生的洪流，时光的冲刷，被推向未可知的明天。

　　一夜风暴，乡下的老屋房顶被掀开，房梁已是摇摇欲坠，雨水灌进了屋里，我却无能为力。整个家族十几号人，却无人过问此难，只能依靠年过半百的母亲奔走忙碌，四处央求。不禁想起清代归有光的《项脊轩志》，祖父离开不过几年光景，老屋竟至这般颓败不堪，如此一场小小风暴都无力抵挡。我自责，惭愧，读了再多的书，在一场小小风暴面前，我却如此柔弱无能。我不认识哪个泥工瓦匠，也不清楚房屋的构造，不知道去哪里买梁，去哪里买瓦，更不懂得如何修缮，甚至为工匠做一餐饭的工夫也没有。而面对病榻上的父亲，我也只能手足无措，只能不断逃避，不断地自我安慰。怀胎九月，无论我如何小心翼翼，如何提早准备，如何竭尽所能保其周全，可是，命运安排我腹中的小生命提早到来，以致他从一出生就遭受了诸多痛苦。对于这些，我深深自责，却也是丝毫没有办法的。

　　在命运面前，在变幻未卜的生活面前，我却仍只是个柔弱无助的孩子。权且把这所有的苦难当作成长的养料吧，否则，只能被磨难打败，被经历逐渐腐蚀生命，虚度终生罢了。

　　如果生活过得如周围的钢筋水泥一样，心也会跟着变得冰冷，坚硬。

　　我固执，悲观，却有幸还保存了一颗执着地追求美的心。美，是在忙忙碌碌一整天后，给家里的花瓶插上一束百合，或者玫瑰，打开手机听听读诗的声音，捧起书本还能静心阅读，白云游走时还愿抬头仰望，月圆月缺时还能忆起某些人、某些事，遇见落花愿意伸手去触碰，纪念日里希冀点一盏烛灯与人对酌，为一些树叶的凋落而感怀，听见一朵花开的声音，寻找自己最美的样子……

回　家

　　天已渐黑，天空飘着小雨，南方的冬天总是这么阴冷潮湿。我从新华书店走出来，身无分文，手机没电，只得向友人借了几块钱坐公交车。

　　我是个路痴，对这一带不熟。好友说送我去公交车站，被我拒绝了，她只好详细地给我介绍了线路，坐哪一路公交车。我仅凭自己的感觉去找，却找不到对面的车站，因为这是一条单行道，于是只得硬着头皮向友人指点的方向去寻觅。到了一个十字路口，我习惯性地拿出手机查找地图，却开不了机。这时，天已经黑了，天空依旧飘雨，潮湿的地面缀满晃动的树影。即使是在车水马龙的城市里，在这样下着冷雨的夜，在这样的一个十字路口，我孑然独立，一种迷茫与孤独向我袭来。虽然我心底确信，这没什么大不了，公交站肯定不远，再不济，我身上还有几十块钱叫的士。可是，许是很久没有体验过这样的情景了，我却真实地感受到一种迷惘。我拿出包里的保温杯，喝了一口热水，感觉好了许多，多年的职业习惯让我随身都带着一杯热水。说实话，能够有这么几十分钟独自行走的路程,对我来说已十分难得。

走了一百多米,终于找到了公交站。等了一小会儿,我挤上了一辆大巴车。此时正是下班高峰期,车子里十分拥挤,也很闷热。我在人群中寻得一根柱子,牢牢抓住。车上,有刚放学的孩子,有下班回家的职员、工人,有逛街归家的年轻女孩、家庭主妇,有老人,有孩子……我面前是一位穿着得体的中年妇女,从我上车的那一刻起,她就坐在老弱病残专座上打电话,声音不算很大,但周围的人还是听得清楚的。她说着一口流利的广东话,我虽能听懂,但我刻意不仔细去听,这样很自然地就将她说话的内容屏蔽掉了。坐在座位上的大多在看手机,或闭目养神,仿佛周围的一切与他们隔绝了一般。我旁边的一位年轻妈妈也拿着手机刷朋友圈,她并没有放大图片细看,就开始单手熟练地点赞打字评论一番,速度极快,那感觉就像我平时批阅学生的作业本一样。

拥挤的巴士像喝醉了酒的醉汉,摇摇晃晃地向前驶去。虽然嘈杂拥挤不堪,但总比站在街头不知所措的好。巴士没走多远,路上就开始塞车了。抬眼望去,前面一片红灯,无数的车排起了长龙。我心里焦急不已,可车厢里的人似乎已见惯了,依旧打电话,打盹儿,看手机……

巴士十分艰难地过了两站,更多的人涌了上来,我被挤到车厢后部。这次,我的眼前是一个戴着鸭舌帽的中年男人,他旁边的座位上搭着一堆衣服。我想,这么拥挤,这人衣服乱放占着座位也太不文明了。可我再仔细一看,那堆蓝色的工作服里露出一个孩子的头来，原来，那孩子正安心地熟睡呢，中年男人一直用手护着孩子的头。从滴答着雨水的天空望下来，这个灯火辉煌的城市里，在某一条叫作"人民路"的最繁华的路上，一辆载满归家的人群的大巴车在艰难地行驶着，车上有一个孩子，在父亲的庇护下安心地熟睡。

  我望向窗外，不知何年，这条路上多了这么多车流，马路两旁也不知何时矗立起一座又一座摩天大楼。临街的店铺灯火通明，大楼里亮着星星点点的微光。不知哪户人家，有母亲正在焦急地等待，有孩子正守在窗口等着回家的父母，或许，有一家人正围着餐桌，喝着浓香的鸡汤。而此时，在这辆四十三路巴士上，又有多少归家的人正翘首以盼。

  不知什么时候，打电话的中年女人下车了，年轻的妈妈和孩子下车了，而那个睡觉的孩子，仍然安心地熟睡在父亲的腿上。他们的家在哪里？还要转车吗？前面的路还会塞车吗？正想着，我到站了。

  当我走下车门的那一刻，在黑沉沉的暮色里，我看见一个熟悉的身影立在公交站台左右寻望，他手里拿着我最爱吃的烤肠。

生活,你慢慢走

　　记得很小的时候,我总希望时间走得快一些,如此,我就能快点长大,去做自己想做的事情。如今我早已长大,将临而立,可是,童年许下的愿望真正实现的又有几何?我曾经渴望的长大,却时常叫我不堪言状。时间的年轮一刻不停地增长,推着我走在生活的潮头浪尖。如今,我忽觉光阴悄无声息地溜走得太快,便越发忆起青春,念起童年来了。

　　这个时代一切都变得太快,速溶、速冻、速成、速食……人们不断追求速度,生活变得高效而便捷。高速公路铺天盖地,4G网络早已普及,电子产品更是日新月异……激素,催熟,催红……各种化学物质如此泛滥,人们总是迫不及待地想要"成熟"。植物长得慢,催一催;事情做得慢,催一催;前面的车开得慢,催一催;面粉发酵慢,催一催;头脑转得慢,也催一催。我们总是很急,急着赶路,急着吃饭,急着从碎片化的阅读中提取有用的信息,急躁和焦虑充斥着生活,所谓"路怒症"便是其产物。我们违背大自然的节律,自以为是地建造着高速运转的生活圈。我们的生活节奏越来越快的同时，是否还记得出发时许下的梦？我们行色匆匆，却常常忽略了沿途的风景，忽略了身边最真实的人，甚至忽略了最真实的那个自己。愈追求完满，却愈发现事物的瑕疵；愈想要登顶，愈觉得行路之远。

生活，不是为了尽快到达终点，而是我们在这途中经历了什么，在到达终点之时，我们是否还能忆起当初？当我们埋头向前的时候，是否忘了抬头看天？我们沉醉在无数的便捷、无数的惊叹之中，当我们抬起头时，却发现头顶的蓝天早已成为一片灰白。——我们究竟错过了什么？

诗人木心的《从前慢》读来真叫人怀念。"从前的日色变得慢，车、马、邮件都慢，一生只够爱一个人。"读着这样的句子，心中充满温情与感动。眼前的镜头变慢，一直后退，后退，退到民国小巷，退到唐宋街市，退到秦汉路野……这些句子带着我一直退回到那些遥远而苍茫的年代。农人或采桑织布，或种豆酿酒；仕子或吟诗作画，或游山品茗。或许没有了高科技的生活会更质朴，更简单，人们也更愿意亲近自然吧。

我时常讶异于古人物质如此贫乏，却能把生活过得那么精致。交通信息的不便，使得人与人之间的情感和信任弥足珍贵。一朝别离，相见便遥遥无期。一封书信，须得走过万水千山才能到达对方手中，收到信时，已是另一种境况，另一种心境了。无论对写信还是收信的人来说，这都是彼此当下情感的延续，都是关乎生命灵魂的对话。

想起沈从文先生写给爱人的《湘行散记》，他用文字和线条记录着一路风景，寄给家中妻子。因为书信传递之慢，更觉相见之难，思念之浓，那舟行江上的漫游和急切归家的心情更添了几分诗意和惆怅。试想，如果沈先生随时打个电话向爱妻说着一路见闻，或者干脆视频直播，那份因慢而得的浪漫与温情顿时便荡然无存了。即使未逢烽火之年，也可谓"家书抵万金"，如此，便也有了《再见桃花源》里为了最初的约定而彼此守望一生的凄美爱情。如此美好的情感，是那些"闪婚""闪离"一族所无法理解的吧。

因慢，便更珍惜。因慢，而更细致。慢，让人平静，让人流连，让人有更多的机会去慢慢咀嚼生活，品味人生。

浮生如梦，一生的时光转眼即逝。此刻，我希望时钟也忘记了时间，叫一声：生活，你慢慢走。

早产儿

布布是早产儿。

他早产三十二天。至于早产的原因,我们至今并未细细追究。也许是因为我自己身体弱,也许因为医生对我的反馈和表现出的不安置若罔闻……我不得而知。

五月十九日,我和学生举办完一场诗歌诵读会,晚上十点多,我跟往日一样躺在沙发上休息,突然,一股热流汹涌而至,我知道,羊水破了。那一刻,我的心扑通扑通地跳得很厉害,我很慌乱,一时间竟不知所措,他来得太突然了。大概几十秒后,我平静了不少,这才想起平日看的关于分娩的书籍。我指挥着先生,拿起早已备好的东西,两个人在黑沉沉的暮色里,匆匆往医院赶去。

一路上,我来不及细想,心惊胆战,似又夹杂着一丝冷静。我不断地安慰自己:没事的,医院很近,很快就到了,医生会有办法的。

赶到医院的时候,是晚上十一点。医生检查完,要求转院。

我已不记得我是怎样被抬上救护车,又是怎样来到了另一家医院的病床上的。我只清晰地记得,我躺在救护车里,马路上的灯光恍惚跳跃着一闪而过,路边的树影不断跃进车窗,像匆忙的行路人,从车顶上掠过。我没戴眼镜,因而视力模糊,思维却是混乱而又冷静的。即使戴了眼镜,我想,我所看到的也许也会因心情的不平而恍惚。像经历了一场长途跋涉,救护车终于停在了医院门口——我猜度着,这里灯火通明,应该是到了。

这一夜,我先是被安排睡在走廊的床上,后来被安置在一间病房里,这该是多大的幸运啊!一直到第二天上午,我的身体都十分平静,没有疼痛,没有羊水流出来,甚至没有感觉到异样,一颗心像坐过山车,颠倒、翻腾、呼啸着,越过了一个高度,这才逐渐平稳下来。

从中午开始阵痛,到下午四点出生,这短短的几个小时,对我来说像经历了一个世纪那样漫长。除了身体历经的苦痛,心所经受的磨难更让人记忆犹新。

布布出生的那一刻,我清晰地记得墙面上的钟,黑底白字,时针指到了"4"。后来,我反复回想,再向爱人证实,确定我当时是没有戴眼镜的。我诧异于高度近视的我,在那一刻怎能将墙上的钟看得如此清晰!也许是身体里的某种能量被激发了,这并没有科学的解释,可我却相信,这是布布赋予我的能量。

布布第一次见到这个世界,我却没有看到他的脸。就像通过黑洞穿越了一个世纪,惊魂未定,身体和灵魂都还飘飘忽忽的,只远远地看着护士将他倒提着,拍打脚丫,这小小的生命才发出了微弱的哭声。紧接着，护士将他放到秤上，一个声音说：四斤九两。

随后，布布就被抱走了。

我被推到一个安静的走廊里，没有医生护士，也没有见到家属。就我一个，静静地躺在那里。我那鼓了几个月的肚子瘪了下去，却并未见到曾待在里面八个月的小小人儿。一切像梦幻一般，从昨晚到此刻，不过十几个小时，却像经历了一次生死浩劫，足以让我惊心动魄，心有余悸。而此刻，关于这十几个小时的回忆，却显得那么不真实。

此后的十天里，我都没见到布布。我们只能在手机里翻看他仅存的几张照片，这是医生在新生儿特护病房里拍的。我没有抱过他，没有闻过他身上的气味，甚至没有触摸过他身体的一丝一毫。看着屏幕上的这个影像，孩子，此刻对于我来说是那么陌生，那么虚无缥缈。像远去了多年又始终萦绕心头的牵挂，虚幻无影，却常常触动心弦，割舍不下，越想亲近，越觉缥缈，越想抓住，越无法把握。这种感觉真让人难受。想摸，却摸不着，想说，他听不见，想给他喂点奶，只能挤了放在消毒奶瓶里送去医院，却还要担心医生有没有将这点珍贵的初乳送到他的嘴边，即使送到了，他又有没有喝完呢？

没有谁会回答这个问题，医生太忙了，需要照顾和救助的病儿也太多了。这就像到了信息不通畅的远古时代，相隔万水千山，没有电话，没有网络，甚至没有书信，这隔天送去的母乳和每逢周四才能去"探望"所拍的几张照片，成了母亲与孩子之间唯一的信物与联系，如此珍贵，又如此微弱。我感到一种前所未有的孤独，仿若置身孤岛，迷茫，绝望，不得安定。

我在夜里不断地想象他独自躺在保温箱里的感受，想象他回家后的情景。可是，越想象着细节，就越叫人难受。这世间，还有什么比骨肉分离更让人神魂不定、痛彻心扉呢？

母亲在这边日思夜盼，孩子的境况更让人心疼。一个还未足月的婴儿，离开了他的家——母亲温暖而踏实的子宫，被独自放在保温箱里，虽然有合适的温度，却始终不同于母亲的体温，他再也听不到母亲熟悉的心跳声、血流声。穿着医院的小小病服，体会不到母亲温暖安稳的怀抱，也没有甘甜馨香的乳汁。日夜陪伴这个小人儿的，只有一个小小的玻璃屋子，还有头上的针管，插在鼻孔里的氧气管，和夹在手指上的监护仪……孩子，这些东西，我确定它们不能给你带来安全感。虽然你不会说，但是我确信，你不喜欢它们。你不会说，但这并不代表你已忘记，或不在意。

对于你我的这段经历，我深感愧疚，也心怀感恩。生活给予我们相依相伴的甜蜜，也让我们提早体验骨肉分离的痛楚。这也许就是生活的不简单之处，他让我们体验许多种可能，又让我们相信未来，对一些美好的事物充满渴望，又毫不费力地在我们面前横亘一片汪洋，无法触碰，无法对视，只能隔水相思，浩渺烟波。

我们经历了磨难，同时也经历了成长，一切的遭遇，都是你我成长路上的一个脚印，少了哪一个，这段路都不算完整。你现在是什么样的人,乃根植于过去的你;你想成为什么样的人,你就会是那个样子。正如现在的布布,个子娇小,身体较弱,容易生病,抬头、坐立、走路、说话……什么都慢半拍。曾经,最怕别人握他的手,也最怕躺着洗头,因为他曾在出生和一岁左右时,被医生和护士抓着扎手指、打吊针,这种阴影,在他的心灵里一直保留到现在,两岁四个月。但他灵巧,谨慎,懂得体贴母亲,他最在意的事情就是妈妈对他的态度,他也会因此表现得特别懂事,思维逻辑很清晰,这甚至超出了我对一个两岁幼儿情商的判断。

我们互相依赖,互相信任,但不同的是,我对他是有要求的,他对我却是毫无条件的信任。一个小小生命,在我的抚育下日渐璀璨,等待他发出其与生俱来的光芒。在我的生命里,这是一次洗礼,一次神圣而崇高的礼遇。

感谢你,我的孩子!

命运与天使

人生是一场修行，现下所有的遭遇，好的，坏的，终将会走到散场的那天。我们所经历的人和事，都是注定的相逢。想逃，想躲，抑或想求，想得，皆是人生之命数。命运如同洪流，说来，他便来了，毫无预兆，你我也并无选择的机会。

我想逃脱命运的束缚，殊不知我的逃脱也是受命运的摆弄。正因想逃脱，也才有了如今走过的人生之路。这似乎是一个悖论，无论你想如何摆脱命运，但这摆脱本身就是在命运的控制之下产生的。想逃——是命，认命——也是命。俄狄浦斯的故事正好向我们揭示了命运的不可抗拒，这是永远没有答案的人生哲学。有时候越想逃离，命运却越推着我们走向拒而远之的东西。人被置于命运的漩涡中淘洗，冲刷，逐流，最终走向命运早已为我们安排好的终点，直至搁浅。

有时，我总是为自己的过去设置各种各样的假设，似乎有了这些假设，我的人生就会变得更美好一样。但如果真的走上我所假设的人生路，也未见得比现在的状况更好。不过，人生就是这样说一不二，它绝不会给我再来一次的机会，也绝不会为我指明岔路口的方向。正如电影《私人定制》所思考的，另一种人生也许并不完美，我们所拥有的，现下的，就是最好的，因为这就是属于我的独一无二。

人生没有对错，只有选择。人生也不可能完满，完满的只有人心。有的人家庭幸福，子女安康，如此足矣。有的人事业有成，功成名就，这也是一种满足。但恐怕只有极少的人对自己的一生没有一丝一毫的遗憾吧！这样看来，似乎完满的心也是不可能的了。唯有将这颗心填得满满的，才能叫我安心罢。

5月20日，是一个浪漫的日子。这一天，我的天使，我的孩子，你来了。你突然闯入了我的生活，我的心已被这个小生命填充得满满的了。成为妈妈，是我人生中最重要的经历，它就像一次洗礼，让我对这个世界有了全新的认识。当我怀抱这个小小的婴儿时，我惊诧于生命的伟大和神秘莫测。究竟是什么让你来到这个世界？又是什么让我有幸做你的妈妈？你来自哪里？你到来之前所在的是一个怎样的世界？你的到来如此神秘，但又如此必然，仿佛命中注定一般。

这小小的可爱的人儿，你的眼睛、鼻子、嘴巴有妈妈的影子，而你的头发、脚趾、体型有爸爸的影子，眉眼间，你就是我和你爸爸的组合体，可你又跟我们那么的不一样。在这之前，我无论如何也想象不出你的样子，如今你那么真实那么具体地存在于我的怀里，这间房子也因有了你而成为真正意义上的家。

你的到来，也是我的命。你不是我的假设，你是真实的存在。你不是我的拥有，是我修行的福报。你是命运的安排，是天使降临。

你的一切，我都欣然接受。

因了你的到来，我的人生似乎变得完满而知足了。此刻，所有的烦恼、纠葛、功名、利益……与你比起来都如此微不足道。天大的事情也比不上你此刻的哭泣声，最快乐的事莫过于听到你此刻的欢笑声。无论我身在何处，我的心都时刻牵挂着你。我关心你的每一刻，在吃奶了，在玩耍了，在发脾气了，在逛园子了，在咿咿呀呀地叫个不停了……我就像你手里的风筝，即使飞得再远，也与你紧密相连。即使风雨再大，只要一想到你的小手紧紧抓住我的线，我就不会害怕。因为我知道，线的那一头，有你的存在，便是有家的守候。你是那样的依赖于我，信任于我，毫无保留，毫无功利，也毫不掩饰。

你是天使，是最纯净的所在。你是我的孩子，也是我的老师。我该如你一样，回到自然，回到最初，回到最纯粹的国度。

思考人生这样的问题就留给我吧，孩子，你只要依从本心生活就好。

守 望

每每看到你，可爱的小人儿，我心中所有的烦忧就立刻消散，天空所有的阴霾都能让你驱散。你是那样天真，那样纯粹，你是天使，是希望，是一切美好事物的化身。我始终怀着一颗感恩的心，与你一同成长。感谢你，选择了我，并毫无保留地信任于我，依恋于我。这是世间最纯粹的爱吧！没有杂质，没有污浊，也没有丝毫犹疑。

我时常担忧，怕你走得太快，跟不上你的脚步，怕自己太过肤浅，不足以成为一个能让你骄傲的妈妈。孩子，我一直都很努力，努力让自己成为一个宽容的、智慧的妈妈，希望我的宽容能匹配你善良的心性，我的智慧能指引你走过人生路口。也许，我把自己想得太伟大了。不，我只是一个普通的妈妈，我会生气，我会不耐烦，我会抱怨，我会不安，我甚至会为了没赶上公交车而失落。但是，你总愿无条件地相信我，包容我，你的笑声和亲吻就是最好的印证。孩子，我愿意和你一起，努力欢笑，把生活过得简单一点，让日子变得纯粹一点。你会用手盖住脸，故意叫人去找你。你会躲在镜子后,突然冒出头来。你会关心楼下的小猫,没有吃饭,没有穿鞋子。你会因为吃不到一颗葡萄而流口水……你的趣事说也说不完,我异常珍惜,担心因为时间的缘故而遗漏了什么。

我一直说,我陪你。但我最近才认识到,与其说我陪你成长,毋宁说是你来陪我度过我人生中最美好的时光的。在最灰暗的日子里,只有你能给我温暖,因为你是那么的可爱,你的全身都充满了能量和希望,我甚至从你的眼睛里看到了最清澈的一片天,它能让我安定,让我心无旁骛,什么都不用计较。

孩子,你是我身上掉落的一颗种子,飘落在我脚下的土地上。你神奇地萌化出一点新绿,开启我人生新的篇章。因了你的存在,我变得温柔,勇敢。因了你的存在,我不再绝望,惆怅。我在阳光里伸展枝叶,为你守护脚下的土地,我在风雨中傲然挺立,为你遮蔽风雨的打击,我在大地里扎紧根须,与你体味生活的真谛。我作为母亲的形象看你生根、发芽,看你每次在微风中的嬉笑,以及写满天真的脸庞。我作为朋友的形象和你挽手、并肩,和你站在广袤的天空下,看每日的风轻云淡。

你是我身上掉落的一颗种子,你是上天最好的恩赐,你是天使,是光亮,是我天天的等待,一生的守望。

和未来谈你

一

不知怎么会突然想起给你——未来的我写信。也许是因为近来百无聊赖的生活吧。

我还是愿意用书笺来与你分享。当你孤独地老去,甚至孑然一身时,我希望你能看到这些信件,回想当年的自己是怎样一番光景,聊以慰藉。抑或你伉俪相伴,儿孙满堂时,我更希望你能看看这些文字,遥想如今的青春时光,还请你不要嫌弃我的无知浅薄和啰唆吧。

近来生活诸多变故,有好的,也有不好的。我总觉得很累,老睡不好,经常感到脑袋不够用了,总是说些胡话。但我还是觉得幸福,因为有母亲和孩子的陪伴。

最令我高兴的事就是我得了一个宝贝,我就好好跟你说说他吧。也许你看这封信时,他已是个成熟的男子汉了,也许他有一份不错的工作,一个妻子,甚至还有孩子了。也许,他不再陪伴在你身边，也不能时时去看望你这位老人家。但是，请你回想，此时，他正躺在我的怀里安静地睡着，这是一件多么奇妙的事啊。他的睫毛微翘，呼吸自在，双手捏成小拳头，在他的美妙世界里畅游。

今天，他已满 89 天了，十二斤重，还会跟我咿咿呀呀地"说话"了。你还记得吗？他出生的那天，5 月 20 日，那天的情景，我想你还历历在目吧。出生十天，他回家了，当时看着这个小小的人儿，我十分愧疚，我想，你也跟我有同样的感受吧？你比我更加幸福，因为你比我有更多的时间陪伴他成长。但是，作为妈妈，我们都是幸福的，不是吗？

2015 年 8 月 15 日

二

今天，我带他照镜子，小家伙先是对着镜子拍手大笑，接着我把他扶着站在镜子前，他盯着镜子里的自己细细探究，竟亲起自己来。镜子上留下了他的吻痕，小小的，十分可爱。他的额头碰到了镜子，砰砰地响，他却没有一点要停下来的意思，玩得不亦乐乎。而我，只需在一旁静静地看着他，就足够了。

宝贝长大了许多，他已经有好几次睡了个整觉，而我也不用晚上起床哄他入睡了，因此我的精神也好了许多。

最近天气变化无常，他偶尔咳嗽，但精神很好，食欲也不错。我们给他喂什么，他总是张着小嘴接。若是他饿了，看见我们吃东西，便伸过小手来抓。有一次我和母亲喝凉茶，很苦，他看见了，也要。我给他喂了一口，他皱着眉头吞下了，再喂第二口，也吞了。完全没有之前给他喂药那么难。还有一日，我泡了橘红茶，我喝一口，苦得皱起眉头，母亲也喝了一口，也皱起眉头。本来他也想喝，可是看到我们这样的表情，马上扭过头去。得了这个法子，每次给他喂碳酸钙时，我都会在他面前喝一杯水，以勾起他的食欲。趁着他想喝的当儿，一口一口喂下，他倒喝得十分自在。从此，我们告别了给他喂药的艰难。之前吃药，需要全家出动。外婆抱着他，我拿着药瓶，一喂到嘴边他就马上扭过头去，总是不能成功。只好让爸爸拿着手机给他放视频，他才咬着奶嘴，慢慢喝下药。这个法子屡试不爽。他这么小，却善于如此察言观色，真是小机灵。

最近他还爱上了开灯和关灯。每次进出洗手间，他总是要伸手去按开关。刚开始按不准，过了几次，就能很熟练地开关了。有时候他想被表扬，小手放在开关上却不按，只左右找我或者外婆，直到我们说"棒棒"，他才果断地按下去，笑个不停。

2017 年 5 月 12 日

三十而立

三十岁这天,我收到了许多祝福,有久未联系的故人,有每日相伴的友人,还有早已毕业了的学生。感谢腾讯,自动提醒一长排列表里,哪位好友快过生日了,让一些似乎已成过客的人,还能互相送上一句祝福,让我们感到平淡的友谊,还能细水长流,回味昨日。

这天,我像平日一样工作,下班回家,吃母亲做的简单而清淡的晚餐,晚上带孩子散步玩耍。没有鲜花,没有礼物,没有大餐,一切正常。我学着将日子过得简单些,再简单些。

所谓三十而立,于我来说,是以一颗平淡的心看待生活,看待身边的人和事,没有什么必须是我想象中完美的样子,也没有什么事情"非得如此""理应如此"。我学着宽容地对待世界,也许这个世界有时候并不那么宽容待我。我不再是个斤斤计较的"讨债者",一个每天追问那么多"为什么"的懵懂孩童。生活给予我幸福,也给予磨难,这一切我都欣然接受。在平淡烦琐的生活中从容不迫,井井有条;在有意无意间,期待镜头里的自己目光清淡，定格时光；在喜忧无定的日子里学会珍惜，学会平和，学会感恩；在人来人往的人世间感叹幸得知己几许，友人几许；在陪伴孩子成长的道路上，体味幸福，找寻快乐。

三十而立，我早已厌烦了腻人的鸡汤文，也不再被网络上的"愤青"牵着鼻子走，而懂得了独立思考，外察内省。学着卸下包袱，不再把所有的责任都扛在肩上，使自己不堪重负。不再把自己看得那么重要，而学着放松，学着爱自己，不只爱优点，也爱自己的缺陷。

三十而立，我不再躲在角落，希望做个长不大的孩子，我得学着一个人独自面对，勇挑重担。从二十岁到三十岁，是走向另一个自己的转折点。我不得不从母亲温暖的羽翼下慢慢走出，小心翼翼地，独自去承受冬日的凛冽，道路的崎岖，以及世界背后的丑陋与悲凉。然而，事情还有转机。在独行的道路上，偶遇伴侣，远走他乡，两个人从情人成为亲人，由此，再创造出一个新的生命——也是我的至亲。这样的体验，是多么奇妙，多么让人温暖的情节啊！从此，我不再是一个独自行走的自由人，无论我去往何方，我都必不会懈怠这个初生的生命。在孤独无助的时候，在想逃离的时候，在因苍凉多变的世事而不眠不休的夜里……只要想起孩子那清澈的眼眸，我的内心就多了一分乃至十分的力量。孩子，无疑是治愈母亲伤痛的最佳良药。

然而，我很清醒地告诫自己：我们并不是一体的，母亲，伴侣，孩子，我——我们都是独立的存在，都是这个世界独一无二的生命体，我们都有各自要追求的人生和梦想。我爱你，并不代表我们要共生在一起，放开对方，也是放开自己，给彼此更多的尊重，更多的空间，更多自由选择的权利。只是，在苍茫宇宙间，在无尽的历史长河里，我们之间有更多的交集，有更多互相守护、互相关爱的日子，如此足矣。

跨年夜

将近年关,布布还是没能抵挡住病毒的攻击。三岁,他第三次住进了医院。

大年三十下午,我们的车在温暖的海南岛沿海高速疾驰,面对广阔无垠的海天一色,我竟无丝毫触动。此刻,我们的目标是海南省人民医院,希冀儿科病房还有一席之地,收留跨越了琼州海峡,穿行了半个海岛的一家三口。十几天来,跨越两省,辗转就医,打针、吃药、雾化、针灸、点穴、臭氧治疗……凡是能用上的,都试过了。可怜的孩子!就在今天上午,我们带着发烧的布布,辗转市里的几所医院,均无着落。此刻,我们更像是奔赴一场说走就走的战役,容不得半点犹豫。

一个多小时,我们一家拖着疲惫的身躯,终于到达海口。夜幕降临,华灯初上的海口街头,空旷,冷清,一些霓虹灯,在夜幕中闪烁着。此时人们都回家吃着年夜饭,准备跨年了吧。只有我们,像无家可归的流浪人,行驶在凄冷的大街小巷。当我们路过一个十字路口,见到马路两旁各站着一位义工,一男,一女,身穿橙色义工服，手举着一面红旗。这时有三四个人正要过马路，他们便挥动红旗，护送这几位归家的行人。此时，北风正跨越了海峡，带着寒意，侵扰了温暖的海岛。即便这路口有红绿灯正常工作，即便过马路的只有三四人，即便在这全家团圆的夜晚，他们仍选择站立街头，完成任务。不，是选择。

此刻，我的内心不再愤愤，为着寥寥无几的陌生人，他们甘愿做出这样的选择，更何况我们是来求医治病的呢。这样一来，我连日以来的焦虑、疲惫、担忧，竟平复了不少。

来到医院，这里不再像平日里人潮涌动，喧闹不堪。一直以来，我最怕来医院，布布出生前，我甚至没有进过一次病房。而现在，我早已习惯了医院的氛围，不再那么抗拒了。走到儿科病室，仍然有十几个人在排队。儿科总是人满为患，我不禁苦笑。挂号，量体温，排队，一切都熟练地进行着。看了医生，要住院，可是，没有床位。幸好，这医生还算耐心，替我们联系分院的儿科。"你们运气好，分院那边今天下午刚好有一位出院了，你们就去那边吧。"想着今晚的儿科病区，每间病房都有几位大人带着孩子，一起跨年，我不禁又苦笑了一声。

这时，站立街头的那两面红旗浮现于我脑海，又觉得这么幸运，那一丝苦涩转瞬即逝，我便收拾妥当，欣然前往十公里外的分院。办入院手续，和医生沟通病情，测量体温，抽血打针……经过两小时辗转，我们终于在一间病房里安顿了下来。是的，安顿。哪怕这里设施陈旧，墙壁发黑，楼道里还不时传来刺耳的婴孩的啼哭声，此时竟给了我家的感觉。

"妈妈,我要睡在这里,你陪我一起。"哭累了的布布指着窄窄的病床说。在孩子眼里,有床,有爸爸妈妈在,就是家。我摸摸他的头,他明亮的眼眸闪烁着兴奋的光芒,我竟因这光而安宁,平静。是啊,我要像孩子一样。生活不会很坏,至少现在,我们一家人平安地在一起,有屋蔽身,有床可眠,有二十四小时不停供的热水,这样跨年,挺新鲜的。

时间刚过午夜十二点,布布已经熟睡。窗外没有烦扰的商场音乐,没有嘈杂的街头叫卖,甚至连跨年的烟花爆竹声也没有。我不禁对这座城市心存感恩。那些街头的义工,那些坚持值守的医护人员,还有大年三十夜送外卖的骑手,给我们一家人送来的"年夜饭",这些,都给身患病痛的外乡人,送来一个安心的跨年夜。

游石溪

从古元美术馆出来，西侧便是石溪公园了。说是公园，毋宁说是石溪胜景，这里是香山之源，文化胜地，也是一处难得的清闲之所在。

我们从一个圆形小门鱼贯而入。此时正是盛夏，街道两旁高楼林立，烈日当空，园内却是另一番清凉葱茏的景象。我们一行人沿着小路信步悠游，一边是茂林修竹，阳光疏影，一边是巨石重叠，流水淙淙。曲径通幽处，是一条人工石阶，弯弯曲曲地延伸到山林深处。我们拾级而上，未行多远，遇路旁一块小石碑，上面刻着"石溪八景：石龙溅雪"。这里是山脚处，地势较低，想来必是有一股气势磅礴的溪流从飞龙似的石壁上倾泻而下，飞溅起阵阵水花，不正像一条飞龙从天而降，溅起一阵晶莹剔透的雪花吗？抬眼望去，却并未见到这般胜景，不觉遗憾。今夏雨水不多，以致山涧的溪流几近干涸，即使是在雨量充沛的雨季，由于人们在山上修建了水池，截流阻隔，这"飞龙溅雪"之胜景也只能与今人无缘了。

沿着石阶继续向上，路旁有一处取水池，几位老者提着大桶小罐，盛接那从一个小水库里流出来的两股清泉。另外一侧，路旁的一块倾斜的空地上矗立着一块巨石，上有清晰可见的红色石刻，这是清代文人墨客留下的印记，被涂上红色的油漆，虽清晰明亮，却少了自然古朴的沧桑。带队的杨长征先生是珠海文化名人，他走到石刻前细致地讲解，声音浑厚，振动林间。述者兴致勃勃，听者津津有味，大有古代先贤带领学生游历讲学之风貌。

继续攀登，一路上欢声笑语，细流依傍，胜景百出。山涧流水淙淙，路旁森木凝翠，偶见一处亭台，称作"亦兰亭"，旁有小池，称作"印月池"，这就是石溪八景之"溪池印月"。距亦兰亭遗址十几米开外，有几块摩崖石刻最引人注目，走近细观，笔走龙蛇。有清道光年间进士石溪生鲍俊手迹"鹅"字石刻，书法界称"一笔鹅"，更有北宋著名书法家米芾题刻的"古壁石"三字。池边碑刻上的几副对联正好反映了当时文人雅士聚集之盛况："到处有天机流水高山随俯仰；山间无俗客方巾野服即神仙。"遥想当年，一批文人骚客、名流雅士聚集于亦兰亭，仿古雅趣，曲水流觞，吟诗作对，挥毫泼墨，何等潇洒，何等风光！清代澳门学者鲍庆春有诗云："兰亭作自右军先，今亦兰亭仿古贤。天为名山留柱石，人来幽洞听琴泉。"置身幽谷，抚琴对弈，清泉相和，仿若世外桃源，真乃神仙也。

一路上跟随杨先生和孩童们轻快的脚步，信步林间，悠然自得，实乃难得的清闲，心也无比的自由。山与水，阻隔了喧闹与繁杂，让身体与心灵自由舒展。遥想古人遗风，高山仰止，心神往之。

香山历史之沧桑，文化之厚重，日月交辉，松柏常青。

香山之源，可以正名矣。

老李旧象

前不久观看教师素养大赛，其中一题出示了梁启超、王国维的画像，让选手说出他们的名字。可能选手有点紧张，答不上来，我在下面小声嘀咕道："这不就是老李吗?"虽然老李已经淡出了我的生活，但他始终是我最尊敬的人。看来，这老李真是"深入人心"啊! 老李，何许人也?

老李本名李绍贵，此人身长五尺，风流倜傥，学富五车，才高八斗，有梁启超之形貌，苏学士之遗风，李太白之神韵，杜少陵之词宗。更有天使的眼神，魔鬼的身材，勤奋自信，乐观豁达，素有"清江王子"之美誉，更是恩施难得的才子。才子有诗云："奋斗人生志如月，求真行事胆满躯。永争第一坎坷路，天风海雨伴我行!"

此人正是我高中的班主任。

离家千里来到高中学校，我的第一篇周记题为"李老师印象"，极言我对其厌恶之感，说他"俗不可耐""虚伪圆滑"之类。那时的我还是个不知天高地厚的小丫头片子，哪里知道奉承拍马屁之类，还对班主任说出这等不恭不敬之辞，现在想来，真是幼稚得可笑。

第二天，周记本发下来了。我翻开本子，上面多了一些红色的字，是老李的批语。原话已记不清了，但我印象最深的是他说感谢我的真诚。他还把文中的"李老师"改成了"老李"，题目也就成了"老李印象"了。这以后，他都以"老李"的身份出现在我的周记中和生活中。

老李教历史，中国近代史教材的彩图页里有一张梁启超的画像。一次上课时，有同学在下面小声惊呼："哎呀，老李长得好像梁启超哦！"众人翻开画像，不禁惊叹不已。可不是嘛，那额头，那眼睛，简直像失散多年的兄弟一样。再看老李在讲台上挥汗如雨，那眼神，那气势，举手投足之间俨然一副大学者的派头。

老李上课简直可与《百家讲坛》媲美。他一会儿激情澎湃，一会儿比比画画，人类的历史全都搜罗在他那个"梁启超似的"大脑中，信手拈来，娓娓道来。他的风采不但赢得了本班同学的青睐和崇拜，还吸引了其他班级的学生，我们班的同学都有一种自豪感，大有一副"老李是我们家的"派头。老李教给我们的不仅仅是历史知识，更教我们如何思考，如何在历史中学做人。

老李不但学识渊博，而且文笔极佳，是久负盛名的文学才子。我天生喜爱文学，在老李的鼓励下，即使是在学业繁重的高中时期，我仍然坚持写作。我的每一篇文章，他都十分仔细地批改，在方法和思想上给我指引方向，更是在生活上和学习上关心我，鼓励我。我从一个小县城来到这个陌生的地方，这里优等生云集，最初给我的感觉并不是"海阔凭鱼跃"之广袤，更多的是陌生，是压抑，是一落千丈的失落和困惑，更有因未知前途带来的迷茫。然而，老李的幽默和乐观却一直在无形之中鼓励着我。

老李爱酒，自称"流浪醉客"。有一次，我们在教室里自习，他便坐在讲台上高谈阔论起来，刚开始还是谈些学习上的问题，然后逐渐转开话题，回忆起自己的"美好时光"了。这时，同学们都猜测：老李是不是喝酒了？同学们都盯着他通红的脸，更有大胆者问及他的感情之事，他便很自然地岔开话题，继续滔滔不绝，弄得同学都心神不宁，哪里还学得进去，晚自习索性变成了座谈会。但喝酒上课的事件还是极少了，印象中就那么一次，却越发觉得老李是至真至性之人。

那时大兴健身之风，我们每天早晚都要在操场上跑几圈。一天早上，老李突发奇想，准备带我们去"冲坡"。所谓冲坡，是因为学校门前有一条长两百多米的陡坡的缘故，老李准备带我们冲下坡去，大家已是兴奋不已。我们一行人来到校门口，却被门卫伯伯拦住了，"冲坡?! 不行!"我们只得扫兴而归。如今想来，那也是青春的一个小小遗憾了。

高三那年暑假，我不幸被车轮轧伤了脚，来到离家千里的学校，伤口发炎，连小腿都肿了起来。上完了晚自习，老李用摩托车带着我去了医院。我需要在医院打针住一个晚上，老李安顿好我后就离开了病房。第一次住院，又远离亲人，我的内心十分恐慌，一股无助的苦闷瞬间袭来，可没过几分钟，老李又回来了，给我买来了面包和水。他离开时，已是深夜了。第二天一大早，老李又到医院接我回学校，到了教学楼下，他背着我，一步一步朝教室走去。我没有当面向他表达过我的感激，但我的内心有一种东西，满满的。我不敢说，这是我记忆中第一次有人背我。

高中毕业，大学又四年，当年的同学们都已离开校园，走入社会，算起来，老李已从我的生活中淡出许久了，但那个"梁启超似的"脸庞还时时浮现在我的记忆深处。在我家的书柜里，摆放着一本笔记本，书页已泛黄，里面满满记录了我高中三年的生活。有的不知天高地厚，有的忧郁沉闷，有的甚至幼稚得有点可笑，但每一篇日记都有一行行红色的批注，这些都是老李的笔迹——有开导，有建议，有鼓励，有赞赏，但从不打击拆台，更没有批评讽刺。老李教给我的，不只是历史知识，还有许多更重要的东西，比如追求，比如信念，比如人生的哲学……老李一直是我的领路人，带我走上探索知识的道路，带我走向人生的下一个旅程。老李曾说："同学们未来把七班的旗子插向祖国大地各个角落，会是我最大的希望、快乐！"今天，您做到了！作为一名老师，老李是成功的，但我想，他的志向，远不在此。

如今，我也走上讲台，做起教书育人的事业来，更能体会到老李的不易，对他为我——为七班同学——乃至千千万万个学子的作为，心存感恩。

谭 老

一头斑白花发,两道英气剑眉,走路脚底生风,谈吐儒雅幽默,有谪降仙人之风骨,无矫揉造作之扭捏,有刚直不阿之正义,无委曲求全之萎靡。谭老爱品茗,喜诗书,业务精,正气足,不惧权威,不流世俗。他一辈子扎根在大山,在故乡的土地上辛勤耕耘,灌溉桃李。

谭老是我高中语文老师,也是对我影响很大的一位老师。虽称他谭老,但他的年龄并不算太大,只是两鬓微霜,眉毛银白,颇有大侠风貌,再加上他德高望重,我们才亲切地称他"谭老"。

他手里总是拿着两件东西:一本黑色文件夹,里面装着教学资料;一个玻璃茶杯。谭老上课极其认真,也十分幽默。兴致好时,教室里还经常响起谭老雄浑的歌声。"问君能有几多愁,恰似一江春水向东流","大河向东流啊,天上的星星参北斗哇"……我们的语文课上经常笑声不断,歌声不断。

在我眼里,谭老堪称教师的楷模,他业务精湛,对待学问一丝不苟。他十九岁就参加工作,三十岁不到即被评为特级教师，他是湖北省最早的一批特级教师，是恩施市语文教育界的翘楚。

谭老做学问十分细致，几至于苛刻。谭老的每一节课都是扎扎实实、最让人长知识的。他的课本上批注得密密麻麻，红的，蓝的，甚至是一个标点符号，他都极其细致地讲解。

谭老是一位宽容慈爱的师长。高三时，班上的个别同学不愿学习，在语文课上聊天消遣，有时也会惹得谭老大发脾气。那几位同学也觉愧疚，安静了下来。后来，有几位索性在谭老的课堂上睡起觉来。虽是这样，谭老却是一点不"记仇"，课后，对那几个同学又笑眯眯的了。如今自己身为人师，才深刻体会到为人师的用心良苦，以及恨铁不成钢的忧心和焦虑。

也曾听他说年少时艰苦的求学经历，二十岁不到，还是个孩子的谭老，独自背着行囊外出求学。刚毕业任教时，班上有的学生年纪甚至比他还大，其中的艰苦心酸，是他们那一代知识分子的特殊经历。也许正是因为知识来得极不容易，所以他们才异常珍惜，将学问做到了家。

记得高考前一天，谭老把我叫到教室外，把一瓶风油精塞到我手里，说："明天考试时擦一点。"虽然只是简短的一句叮咛，我分明感到他对我的殷切希望和关怀，一股暖流涌上我的心头。我紧紧攥着这小小的玻璃瓶，望着谭老慈爱的笑容，内心涌起一股暖流。如此简单的一句话，如此细微的一个眼神，却让我获得了前所未有的温暖和动力。我独自在外求学，远离亲人，期间多得谭老照顾，那些充满温情的点滴，我至今仍不能忘怀。遇到困难时,我曾到老师家里促膝长谈,像朋友一样,倒一杯茶,谈个把小时,他总能化解我的困境,启发,引导,鼓励,我也总能从他身上发掘人生的曲直要义。

于谭老来说,我只是他教过的无数学子中普通的一名,但对我来说,他却是我人生路上的一盏明灯。师长,不仅授业、解惑,更是传道者、引路人。

荒原之子的结局

一所旧房子，一片山野，一群孩子，一堆陶器——这是我对先生最初的印象。孩子们的作品看来粗糙，却充满质朴和大胆的想象，这是一个偏僻的农村小学的艺术课。先生动情地讲述着，聚光灯下的他，儒雅、亲切，却又遥不可及。

我在这座城市的一所小学任教，一群孩子陪伴我走过青春最美好的时光。教学工作比较清闲，却烦琐无比。我总是回想：当初，竟是什么引领我远离故土，来到这南方的城市呢？

人，一旦陷入烦琐之中就很容易迷失方向。习惯了，就不愿再去思考，脚下的路通向何方，似乎显得并不那么重要了。我正在十字路口徘徊，身心俱疲，前所未有的迷雾围堵着我，让我看不清前路，找不到归途，甚至喘不过气来。我像一个迷途的孩子，孤独，无助，一副懵懂无知，手足无措的样子。

然而这时，你来了。像是命运的嘱托，我与你不期而遇。当我还在自己的小小世界里哀怨、徘徊、自我陶醉时，您为我打开了一扇窗。这扇窗，描画了一幅旧象，旧时的幻影逐渐清晰，让迷途的孩子找到了家的方向。

　　多年以前，我曾幻想着未名湖畔的倩影，江浙水乡的风情。然而，当一切都成为幻影，我只能躲在角落，嘲笑自己的浅薄和怯懦。我憎恨自己的怯懦，却又幻想着遥不可及的云端。理想与现实的跨越，是一次又一次艰难的旅程，走得多了，心就累了。

　　我曾无数次看到街边的广告语：理想永远不会过期！这是房地产商捉弄人的一个悖论。理想一旦达成，将不再成其为理想，只有永不可及的东西，才能名正言顺地享有"理想"这个头衔。理想永不过期，也在提醒着我们：理想永不可及！理想，只能是一种状态，一份永不放弃的坚持。

　　心已布满青苔，扫也扫不走，只剩下雨季里滴答不休的绵愁。

　　如今，有人为我开启了一扇窗，一股暖暖春风吹进心房。一米阳光，一缕芬芳，是我鼓起勇气继续追逐的希望。也许，这又是一次到达不了目的地的旅途，但我愿意启程。只因有人愿意陪我同行，抑或只是远远地望着我，让我不再怀疑，不再怯懦，不再是一个在无边荒原游走的孤独行者。

飞鸟班的夏天

这学期的最后一天，37度的酷热，学校依旧是最喧闹、最忙碌的一天。送走了班里的小朋友，却顾不上跟你们作最后的告别。时光太匆匆，虽然你们陪伴我走过了五年，但最后，与你们告别的却不是我。是的，我是一个不善言辞的人，但我更害怕与你们道别时会不禁潸然。

昨天，我还在你们的毕业典礼上强颜欢笑，为你们鼓掌庆贺，为你们派发明信片，和你们欢笑合影……但我知道，在场的许多人，老师也好，同学也好，虽然表面上故作轻松，但每个人心底都有一丝不舍，离别的愁绪侵袭了每个人的心。

毕业典礼上，看到你们一年级时的照片，再看看你们在舞台上独当一面，步态从容，我真感到欣慰。回首你们刚入学时，你们还是一群可爱的孩子，那样稚嫩的脸庞，那样清澈的明眸，那样懵懂的天使。曾经，我还拉着你的手，一起去郊游；曾经，我还握着你的笔，教你写横竖撇捺；曾经，我还摸摸你婴儿肥的脸蛋，取笑你长得太胖；曾经，我还盛着热腾腾的早餐，端到你的桌前；曾经，我还摸着你的头，叫你快点回家……可如今，你们已经长得比我高出许多了，我想再摸摸你的头，却已够不着了。长大，便意味着分离。

你们是我教师职业生涯中的第一批学生，对我来说意义重大，我教会你们很多，同时，我也从你们身上学到很多。可以说，是你们教会了我怎样做一名老师，我应该感谢你们！

感谢你们的陪伴！我的每一次成长，都有你们的付出，我的每一点成就，都是因为有你们的精彩表现，班级的每一次进步，都是因为你们的努力。有一句话说得好："不是老师成就了学生，而是学生成就了老师。"

感谢你们的包容！因为我的严苛，我偶尔的固执，我追求完美的心理，使得你们太过压抑。但你们一转身就忘了我刚才的严厉，亲昵地拉我的手，主动给我捶背、按摩，一转身就忘了我刚才的教训，照样微笑着说："老师好。"

感谢你们的真诚相待！我永远记得 5·19 这个日子。本来诗歌诵读会计划在 6 月举行，后来却临时改在 5 月 19 日，这个日子，似乎早就预示着"我要走"的谶言。第二天，我不再像往常一样走进四班教室，听说很多人哭了。那一刻，我知道，你们和我一样，不曾亲口对我说的话，都深藏在心里。很庆幸我们一起举办了这场盛会，它竟成为你我最后的告别。就让我们以诗相遇，以诗分别吧，这样挺好的。

在这一千多个相伴的日子里，你们也曾调皮捣蛋，也曾拖沓懒惰，也曾蒙骗撒谎，也曾犯下许多错误……但是，谁的成长没有过错，谁又能完美无缺地长大呢？就在那么一天，你们突然就懂事了，突然就能自信地展现自我了，突然就能写出优美的诗句了……你们的每一点成长都让我欣喜不已。

蓦然回首，大地留下我们的脚印，有的深，有的浅，还有的歪歪斜斜。但每一步，都有你我的相互扶持，每一步，我们都走得踏踏实实。昔日的努力换来今日的你我，我们庆幸，我们不愧，因为我们来过，飞过，努力过。

时间是最好的老师，他教会你们成长，在今后的人生路途中，他也会永远陪伴你们。而我，早已将手里的接力棒交到了下一位老师的手里。

就让时间来验证一切。你想成为怎样的人，你就会是那个样子。

给你们的明信片，是我精心挑选的《诗经》，赠言里没有离别的伤感，只有满满的祝福。孩子，去吧，勇敢地去飞翔吧！愿你们健康，快乐！愿你们拥有一个美好的未来！记着我们的箴言："天空没有留下鸟的痕迹，但我已飞过。"

遇见你最美的样子

小时候的梦想是当一名作家,让自己的作品变成铅字,印刷在书页上,让人捧着阅读。就像捧着从雨后树林子里采来的几朵蘑菇。

我一直难以忘怀的是我的两位中学班主任。即使是在紧张繁忙的中考、高考复习阶段,我仍然坚持每天写点东西。这其中最大的一个动力,就是这两位恩师,他们始终做我最忠实的读者,同时做我的开导者、领路人。

上初中了,语文老师让我们写周记,每周至少一篇。我越写越起劲,一天一记,甚至一天几篇。现在回头看,那一本本泛黄的笔记本,记载的是一个懵懂少女的成长足迹,有心细如发的生活发现,有不可名状的少女情愫,当然,还有那个年纪莫名的忧伤,现在看来,哪有什么精美佳作。可是,我的老师每周必读,还在文后作些评语。说是评语,更像是留言。

有了读者,就像空谷里有了回音,我的写作热情完全被激发出来。中考毕业后的那个暑假很漫长,对我来说,却是悠长而宁静的。

在小城里，我独自漫步，有时骑着单车，享受夏日阳光，拂堤垂柳，林间小道，还有那些怎么也读不完的书本。青春就是这样，因心里装满了幻想和情愫，一个人就足够，而不觉孤单。

夜深人静的时候，我打开笔记本，开始记录。写随笔，写散文，写读书笔记，写诗歌，写一些有趣的东西，也试着写写小说。我特意去书店挑选了一个笔记本，蓝色封面，一把吉他，扉页题上"笨鱼集"，自我感觉很有艺术气息。

两个月后，我带着这个小本儿，第一次走出小城，踏上了恩高求学路。

高中班主任是一名历史老师，有"清江才子"之美誉，酷爱诗酒，自称流浪醉客。开学第一个月，他仔细读了我的"笨鱼集"，自言初中老师的接力棒已交到了他的手中。趁这机会，我也有幸读了他的随笔集。其学识修养，勤奋笔耕，真情真性，无不令人敬佩。而更令我感动的是，他也在我的文后作了批注，有鼓励，有指导，有他独到的见解和思想。我第一次感到我和我的老师，是见字如面的文友，也是心心相知的朋友。这段往事在我的《老李旧象》一文中，有详细记录。

读高中时，我的两篇小散文发表在《恩施晚报》和恩施作协主办的《清江》杂志。当时班上一位同学的父亲是恩施作协会员，他看了我写作的小本儿，选了两篇散文，推荐发表，亲笔书信，晓我以信息，给予我信心，还寄来了报纸和书刊。这对一名高中学生来说，无疑是极大的肯定和鼓舞。

就这样，我的小本儿在班上甚至引起了小小的轰动，有同学要了我的小本儿去，当作书来读。一位男同学说，写得好，但是看不懂。我不明所以，继续我的"抽屉文学"。在那个闭门应考，而书籍和信息相对匮乏的年代，写作成了我安稳的精神家园。一个十四五岁的女孩，能有什么好写的呢？不过是天马行空的幻想，不可言说的心迹，记录一下学习生活中的喜怒哀乐，以及一些细微而隐秘的个人情绪。

高中文理分科时，我毫不犹豫选了文科。大学校园教授云集，不乏名师，还有那茫茫沧海般的图书馆藏书，都令我震惊不已。开学领到了好几套新书，《中国古代文学史》《中国现当代文学史》《外国文学史》《现当代作品选读》《文学理论》……满满一大箱子，我因此兴奋了好久。就像小时候过年时节，看着我的衣袋冒出那些探头探脑的糖果一样，那种心情，是成年后许久未曾遇见过的。

大学毕业后，我做了一名小学语文老师。读中文系的同学，大多走上了教育这条路，也有同学做记者、编辑，很少有人去做一名专业作家。我亦如此。在忙碌烦琐的生活中，我的作家梦早已清醒，但庆幸的是，我遇到了一群孩子，就这样简单地，教他们读书认字，教他们写诗作文。

孩童天真烂漫，天马行空，正是读诗写诗的好时节。

一个孩子在他的诗中写道：雨过天晴/天上的彩虹/变成了妈妈脖子上的彩虹围巾。

我教的第一届学生，五十九个。开学第一天，我走进教室，在黑板上写：天空没有留下鸟的痕迹，但我已飞过。孩子们惊奇地看着我，和那行诗句。我郑重其事地念完诗，孩子们更觉惊奇了。在这群六岁孩子的眼里，也许只认得"天""下""飞"这几个字吧。这个班级也因此得名：飞鸟。后来，孩子们慢慢大了，读了更多的诗，也学习写诗。我办了班报《飞鸟》，一个人收稿整理，编辑校对。没有经费，就到学校文印室去打印。

报纸发表孩子们写的诗文、编的故事和谜语，甚至是课堂上你一句我一句接龙凑起来的故事，也发表，后面注上每个小作者的姓名，哪怕他（她）在故事里只写了一句话。有个女孩子连载了小说，连发了几期，高兴坏了，从此更加喜欢语文。

2015年5月19日，飞鸟班的孩子举办了一场诗歌诵读会，五年级。我坐在台下，静静欣赏，不光欣赏他们美妙的声音，还有举手投足间的书卷气和自在洒脱。一切，就这么奇妙地发生着。谁曾想，那群稚嫩无比的孩子，已经试着去读懂"你是爱，是暖，是希望，你是人间的四月天"，去品尝"蓼蓼者莪，匪莪伊蒿，哀哀父母，生我劬劳"⋯⋯跫音回响，我仿佛回到了多年前的那个清晨——二十三岁的我，走进教室，领着五十九个孩童，念那行诗句：天空没有留下鸟的痕迹，但我已飞过⋯⋯一字，一顿。

这样的点滴，竟至如此清晰地存在于我的记忆中。

如今，飞鸟班的孩子早已毕业，仍有家长或学生找我寻当年保存的报纸。还听说，孩子因为从小喜欢语文，到了中学遇到了更好的语文老师，对这门学科仍保持着喜爱。我很欣慰。之后我又带了一届学生，取名萤之班。此名源于泰戈尔的诗句："小小流萤/在树林里/在黑沉沉暮色里/你多么快乐地展开你的翅膀/你在欢乐中倾注了你的心。"看来，我们班与泰戈尔还真是有缘。

秋阳里，一颗种子叮当作响，落在地上。接着，两颗，三颗……只需等上那么几个月，有的可能更早，也有的可能更晚。不过没关系，因为惊蛰过后，春天总会到来。当我看到地上一点点冒出嫩芽，点缀春日，直至繁花盛开，葱茏茂盛，这便算是，见到了他们最美的样子吧。

诗育春芽

凤山有雏,春芽吐绿。

2014年3月,凤山春早。在暖暖的春风里,校园中树木吐绿,春芽正是生机勃勃的时候,前山小学几位师生齐聚一堂,开始策划凤山春芽文学社成立的筹备工作。在几位老师的精心筹划下,凤山春芽文学社在前山小学落地生根。时任校长谭海南为此倾心尽力,为师生做了一件大好事。再加上刘德友校长、赵峰艺副校长的倾力支持,凤山春芽文学社已成为前小诗歌教育的特色品牌。

时至癸卯,文学社欣欣发展已近十年。

十年,世事有太多变迁,就连有八十年历史的校园也是几度焕新,越来越有现代化气息。校园里的花开了一茬又一茬,从这里毕业的学生一批又一批,但凤山春芽文学社依然生机勃勃,并且走得越来越稳,越来越有魅力。

近十年,文学社共招收社员约六百名,影响九届学子逾三千人。就像校园里那棵古老的菩提树,年年生发年年绿,岁岁结籽岁岁荫。前小师生以凤山春芽文学社为舞台，读诗采风，筑梦童年，妙笔生花，挥洒诗意。

当你走进这座校园，诗歌的影子随处可见。走廊上有诗，教室里有诗，课堂上更是如此。

步入每栋教学楼，一张张鲜艳夺目的向日葵图片映入眼帘，仔细一看，每幅图中的向日葵都是不同的品种，好运、华彩、活力、阿尔尼卡……让人耳目一新。再仔细看，每幅向日葵下都附了一首古诗，是很好的阅读材料，别具匠心。教室里则是珠海文化名人杨创基先生的词作《珠海美》。全校三十八间教室，从杨老先生的作品《珠海美》精选了三十八首，装裱上墙，在现代化的教室里，独添了别致的韵味。《珠海美》共七十三首，由杨创基先生创作，宋礼初先生书法抄誊，并由宋礼初、陈兆鹏二位先生精工配图，可谓诗书画珠联璧合，也足可见谭海南校长用心至细，用意至深。

若是走进课堂，也许能听到学生正深情地诵读诗歌，老师正动情地讲述某位诗人的作品，抑或是悄无声息，大家都在静静地阅读。

在学校，尤其是小学，文学社团能站稳脚跟着实不易。因为大部分孩子，如果不是老师要求的话，是不太会去读诗歌的，更不会去写诗。一来，在常人看来，诗歌是少数人的阳春白雪，读起来也比较费劲。更重要的原因是，小学生心智发展的阶段性特点决定了他们更喜欢读一些幽默搞笑或天马行空的叙事文学。这本无可厚非，但谁叫我们偏偏发现有一些孩子生来就具备诗人的气质呢。不读诗，不写诗太可惜了！

谭海南校长找到了我，让我组织筹备成立文学社。我觉得这是一个机会，小学正是需要文学启蒙的阶段。有了文学社，一些事情做起来就更顺当，考虑也会更加周全。

但事情并没那么简单，文学社要办起来，并得到学生的青睐，十分不容易。从文学社的组织、机构、章程，到具体的操作指南，以及未来规划，老师们都事无巨细，耗费了许多精力。同年5月，《凤山春芽》创刊号问世。一位总指挥，一百二十三名学生社员，加上三个门外汉，从封面设计、收稿、编排、校对到最终印刷，全由杨海平主任、严小逯老师和我三人承担。创刊号真可谓羞于见人，甚至连卷首语和目录的先后顺序都弄错了！但它正像早春的嫩芽，稚嫩无比，却充满了勃勃生机。用乐观者的话说，进步的空间很大。

后来，文学社队伍不断壮大，越来越多的青年教师和学生参与到这项工作中来。其过程有许多辛酸，自不必言说。但当看到孩子们欣然写诗作文，甚至获奖发表时，当听到毕业多年的学生回来说："当年的文学社给我打下了好的基础，现在语文成绩不会太差。"我们便感到十足的欣慰。

没想到，文学社越来越受师生欢迎，甚至在小范围内引起了反响。我们几个热情更足，工作也越来越有模有样了。

首先是社刊改版，得有懂行的人指点才行。于是，便请了顾问。先是珠海博物馆的杨长征先生，他是个十分热心的人，听说我们在搞文学社，他很高兴地应承做了我们的顾问。

杨老师一来，对我们的社刊进行了大刀阔斧改版升级。从采稿、编辑、排版、校对，杨老师都耐心指导示范，更是亲自校对。封面的设计，字体、字距的统一，文章是否文从字顺，是否有错字别字，排版是否合理，图片是否恰当、美观、目录、页码、作者是否错漏，甚至细微到一个标点符号，是用逗号还是用顿号更妥帖……杨老师都不厌其烦地细心指导。这时，《凤山春芽》才有了一本刊物规范的样子。

杨老师是个极其认真仔细的人。我们审阅了数次，才敢把书稿给他，但总被他发现许多错处来。有时他实在太忙，会把稿子给他的徒弟郭晓雯女士校对。但他常常放心不下，每次都必须当面把书稿交回于我，并一一叮嘱修改，而交接的地点，除了在办公室，常常是在学校的门卫室，或者小区楼下的文印店，甚至是在街边的某棵树下。因为时间实在是太不够用了。

一次，他坐了十几站公交车，顶着烈日来到学校。9月的珠海，午间时分实在是热得难以忍受。他晒得满脸通红，额头冒着大颗大颗的汗珠，仍满脸笑容地从背包里拿出书稿，似乎有些着急，于是，就在保安室里给我讲解了需要修改注意的地方。逐页逐句，反复叮嘱，嘴里重复着："清楚没有？清楚没有？"我插不进话，只能一直点头答应着。直到最后一页叮嘱完毕，他才满意地点点头，把书稿完好无损地交到我手上，这才拿起一瓶水，咕嘟咕嘟地喝起来。匆忙交接完毕，他背起背包，转身走出门口。忽又转身回来，再次叮嘱我，他还会再校对一次，叫我放心。

他不会开车，平日都是公交加步行。每次我提出接送他，他都再三推辞，说不忍心耽误我们。后来，他患了眼疾，做了手术，他说"冇大碍"，还一直帮我们做着顾问。我深感愧疚。

后又有幸得到区文联副主席刘承伟先生亲自指导，《凤山春芽》从第十六期全新改版，大大提升了品质。期间还出过一本《心声·新生》抗疫主题诗集，由珠海博物馆收藏，一期建党百年专刊和一期前山小学建校八十周年特刊。这本小小的刊物愈加专业、规范、丰满、美观，赢得全校师生、家长以及同行的赞誉和喜爱。

除了社刊，文学社最重要的活动便是采风。所谓"读万卷书，行万里路"，学生要打开写作思路，除了课堂教学和阅读，还得观察自然，体验生活。珠海自然风光丰富绮丽，历史文化底蕴深厚，为我们提供了宝贵的资源。采风，便成了文学社的常规活动之一。

抽一个下午的时间，和几十名学生一起，或徜徉于美丽的大自然中，或参观历史文化场所、名人故居、古村旧馆。去苏曼殊故居，感受本土名家的诗书情怀。去杨匏安陈列馆、白石街，去会同古村、前山寨城墙，去圆明新园，去博物馆，了解脚下这片土地的厚重历史，传承革命先辈的红色基因。去日月贝，见证台风"天鸽"给这座城市带来的创伤，学着敬畏自然。去航空城，感受祖国伟大的航空事业。去北师大校园，发现青春奋斗的模样。去香山湖，领略大自然的美妙风光。去石溪公园，体会惠风和畅、曲水流觞的雅趣……

每次采风,杨老师都欣然同往。他是"珠海通",对这座城市的现在和历史都如数家珍。每次出行,他都提前备好课,给学生打印学习资料,规划好路线,像导游一般带着我们,边走边看,边走边讲。最高兴的是学生,不用上课,还能出来增长见识,常常围着杨老师细细聆听,问长问短。小孩子爱闹腾,还时常问出一些奇怪的问题,但杨老师并不恼,始终满脸笑容地解答着。

2017年,正值香洲区首届苏曼殊杯诗歌创作大赛举办之际,我带着两名文学社学生社长做客珠海电台"先锋915"栏目,遇到参加节目的珠海著名诗人、区作协主席唐晓虹女士,她很喜欢孩子们的诗歌,学生对她更是充满崇拜。唐女士曾多次对文学社进行精心指导,时时加以鼓励,将文学的力量传递给香洲的孩子们。

近十年,凤山春芽文学社与全校师生在校园里播撒诗意的种子,参与策划每学年的校园诗歌节,编写了校本教材《童诗百首》并指导社员诵读,开设诗歌创作培训班,指导社员创作诗歌,参加省市区各大诗歌比赛屡创佳绩,设计、印刷社员的诗歌作品《春芽集》,同时催生了全校十几份班级小报。文学社被评为第三届广东省小学生文学社团,香洲区作家协会团体会员单位,学校也被评为广东省诗歌教育示范学校,诗歌教育成果颇丰。

在众多热心人士的精心培育下,凤山春芽日渐茁壮,愈加繁茂,结出了累累果实。越来越多的孩子爱上文学,爱上创作。也许正是这样的一种情怀,和一群人始终如一的坚持,让诗歌得以在前小校园生根发芽,生生不息。

文学,为孩子们的成长之路迎风助力,让心灵更加温润,让行走更有力量。

于孩子们来说,这是一件再好不过的事情了。

诗心向远方

我一直相信，孩子就是天生的诗人。我从来不会否定从孩子们的脑袋里蹦出来的任何一个奇妙的想法，他们的脑袋里仿佛装着一个奇妙的魔法世界，那是最纯粹、最富有的精神宝库。

还记得七年前，第一次遇见飞鸟班的孩子们时，我就在黑板上写下泰戈尔的一行诗句："天空没有留下鸟的痕迹，但我已飞过。"现在想来，真是哭笑不得。我竟然对着一群刚从幼儿园走出来的小朋友讲泰戈尔！后来，他们在我的鼓励下读诗、写诗，还创办了班报《飞鸟》。孩子们发表了自己的作品，欣喜不已，从童谣到诗歌，孩子们的作品如满天繁星，装点着他们的诗意童年。六年后，飞鸟班的孩子毕业了，他们自信、乐观、活泼，有才干，会写一行行曼妙的诗句，那些句子，读来令我动情。某一天，我蓦地发现，原来我一直在做的，就是在浇灌孩童们心中那一亩诗意田地。

我们的生活需要诗歌的装点，孩子的童年需要诗歌的滋养。中国是诗的泱泱大国，自古以来就有"诗教"的传统，历代杰出的诗人不计其数。而在诗歌的浩瀚海洋中，有的是专门写给儿童的，还有的是适合儿童读的。在这里，我们暂且不讨论"童诗"的定义，我们只选择那些儿童喜闻乐见的诗歌来读。

诗歌是想象的艺术，是精练的语言。诗人在有限的字里行间，构筑想象奇特、艺术空间无限延展的世界。诗歌的这些艺术特性，有助于培养孩子的想象力、创造力，以及对汉语言文字的感知力，提升他们的审美情趣。诗教，是母语教育，是德育，是美育。

"诗是站在灵魂高处的最美歌唱"，它能安抚浮躁的心灵，涤荡我们的灵魂。就像荷尔德林的诗句："人充满劳绩，但还诗意地栖居在这片大地上。"很庆幸的是，在前山小学的校园里，我们常常能触及诗歌，感受诗意。这是一座充满诗意的乐园，学校着力构建诗意的校园文化，是广东省诗歌教育示范学校。师生们共同读诗，写诗，赏诗，传承文化，播撒情怀。校园里的一砖一瓦，一门一窗，一纸一笺，都在诉说着一种思考，一种品位，一种生活的姿态。

著名诗人金波说："我以为，培养儿童热爱母语的思想感情，最好从读诗开始；享受语言的美，创造语言的美，最好从读诗、写诗开始。"

愿每个孩子都能遇见诗歌最美的样子，愿他们在诗歌的滋养下，看得更高，行得更远，心向远方，诗意成长。

《凤山春芽》第十期：写在后面的话

这是阳光灿烂的 6 月，一切都那么美好。校园的榕树下依旧书声琅琅，操场上依旧笑靥如花，教室里依旧精彩飞扬。可是，有这样一群孩子，他们即将告别这一切，继续去追逐梦想。

六载光阴，如逝去的云烟飘散在前小的校园里。对于孩子们来说，小学时光是再美好不过的记忆了。小学是人生的启蒙阶段，是打基础的时候，正是由于老师的谆谆教导，辛勤耕耘，才有了莘莘学子在以后的求学之路上更进一步。也正是因为有了母校的精心培育，才有了孩子们将来的茁壮成长，厚积薄发。正如树苗的成长一样，小学就如同播种出土的阶段，树苗吸足了养分生出茁壮的根叶，才能勃发生机，壮大生长。希望每一棵树苗硕果满满时，还能忆起当初在土地里奋斗的时光，希望那群精心照料小苗的农人，留给你的，只剩美好。

花开半夏，情满凤山。2016 年 6 月，又一批莘莘学子即将离开前小的怀抱，《凤山春芽》特推出 2016 届毕业专刊，以此赠别 2016 届的三百四十八名毕业生。这本小小的刊物，也许并不会给你带来多少惊叹,但其满满地承载了三百多名学子的六载记忆,承载了一百多位老师的殷切希望,承载了母校对学子们的深切祝福。

孩子,六年来,也许你不曾大胆地发表自己的看法,不曾有机会站上演讲台,不曾对喜爱的老师、同学说出自己的真心话。那么,这一次,请你大胆地说出来,尽情展示自己的风采,展露自己最美的笑容吧!希望毕业班的每个孩子都能在此留下自己的倩影和笔墨,相信这是属于你我的美好纪念。

孩子，我以什么来衡量你？

"时辰到了，它清醒了过来，再也不是以前那条笨手笨脚的小毛虫。它灵巧地从茧子里挣脱出来，惊奇地发现自己身上生出了一对轻盈的翅膀。它愉快地舞动了一下双翅，如绒毛一般，从叶子上飘然而起，渐渐地消失在蓝色的雾霭之中。"达芬奇在他的《小毛虫》这篇文章中如是说。

这正如人的成长历程，也许，我们每个人都是一只毛虫，遵从规律，耐心等待，时机到来，自然而然地，成为破茧而出的蝴蝶。

有一天，一个叫婷婷的五年级女孩向我要微信主页的背景图，说是要给我画一幅肖像，我受宠若惊。四年前，她在我的班级，给我的印象并不算好，懒散、拖拉、敏感、孤僻，甚至会因为一点小事和同学起冲突，她急躁的性格与她可爱的外表似乎并不匹配。看着这个女孩因为家庭的原因，人际关系越来越紧张，甚至逐渐厌弃了学习，我很着急，也很苦恼。

唯一让我感到欣慰的是，她心地善良，而且特别喜欢阅读。

弟弟出生前,她是一个多么乐观开朗、善解人意的孩子啊。这个孩子需要的,或许只是一个温暖的拥抱。我并没有放弃,也没有因为她的懒散陋习而打压她。因为我十分明确,每个孩子都是一颗种子,只要给予他足够的空气、水分和阳光,就能生长。一棵树长成什么样,没有统一的标准。有的粗壮,有的纤细,有的挺拔,有的婀娜,有的葱绿,有的生来就是红色或者黄色的……因为,所有植物的特性都不一样,孩子也一样啊。

多样化、层次化的评价体系,更能贴合学生的个性,促进学生的全面发展。教育不是流水线,教师不是流水线工人,学生不是工业化产品。每个孩子的家庭、身体、心理、性格、经历都不一样,为什么要按照所谓的标准去评价,甚至去评判一个孩子呢?

在我的班级,对孩子的评价不仅仅是纪律、学习、卫生这些常规,我更不会用墙上的评价表格将某些孩子的弱点展露无遗。每个孩子都有展现自己的机会,在小组合作学习中,每个孩子都能发表自己的观点。在创造力培养环节,每个孩子都天马行空,大胆说出自己的想法。在"头脑风暴"活动中,那些从不举手的孩子也能自信地说出那些稀奇古怪的想法。在班级管理过程中,每个孩子都是班级的主人。在班级文化建设中,每个孩子都可以参与其中。

那几年,我带着孩子们一起创建了最美教室"萤之班"。孩子们自己设计班徽、班牌、班旗,制定班级公约,参与班级布置,女孩婷婷在她的日记中写道:"教室里好美好美,我坐在美美的教室里上课,黄蜂来了我不理它,同学讲话我也不理。"除了优美的教室环境给人带来的愉悦,更在于老师和同学对她的肯定,在于教室变美的过程有她的参与。扇面画上有她的杰作,照片墙上有她的笑脸,书芳斋里有她提供的书本,就连那葱葱绿绿的绿萝也有她照顾的功劳……

教育的目的并不唯一,评价学生的标准也不唯一,基础教育阶段更是如此。良好的习惯,学习的热情,健康的心理,健全的人格,美好的品德,以及审美的情趣……教育的内涵还有很多很多,我将在我的教育之路上,一路前行,一路探寻。

愿所有的孩子,破茧而出时,成为那一只独一无二的蝴蝶。

来自星星的孩子

秋日的酷热渐散，产假还没休完，我就被紧急叫回学校。我接了一个一年级的班，那是一群刚从幼儿园毕业的孩子，此时正如脱缰的野马，被闹得鸡犬不宁。新官上任三把火，我打算第一节课就给他们一个下马威。

课上，小家伙们足足闹腾了十几分钟，好不容易安静了下来。正当我义正词严地颁布我的新规定时，一只蜜蜂嗡嗡嗡地冲了进来。教室里顿时炸开了锅，大家纷纷走出座位追着那只蜜蜂，有的大声尖叫，有的拿书乱舞一气，有的趁机作乱……任凭我怎么呼喊，他们都执着于消灭那只蜜蜂，全然不顾我的存在。

正当我懊恼时，我发现有一双胆怯的眼睛从角落里看着我。那是坐在最后一排的一位男孩，他高高瘦瘦，一双眼睛睁得大大的。我一望过去，他好像被侵犯了似的，立马低下头去，再也不肯抬起来。

这一节课就这样闹哄哄地结束了，我十分难过，心想：第一次见面就被他们"打败了"，以后我怎么树立自己的威信呢？我正要离开教室，突然传来了一阵号啕大哭。我寻声望去，是刚刚那个男孩。我走过去，关切地询问他哭泣的缘由，他竟毫不领情，只低着头啜泣不已。这时，旁边的同学说："老师，他就是这样的，有事没事就哭。"我连忙制止了这位同学，忽然感到事态的严重。我抚摸着他的头，询问他的名字，可他一直低头不语，不给我任何回应，我只得无奈地离开了。翻开孩子们的资料，我才得知，这个男孩叫小豪。回家的路上，一股强大的挫败感顿时袭来，作为新妈妈的各种不适，孩子们的任性顽皮，小豪的怪异表现，都让我无所适从。

接下来的几天，我特意观察小豪。我发现他从来不主动和别人说话，上课时总是低着头，下课了就坐在座位上，他经常沉浸在自己的世界里，似乎周围的一切跟他毫不相干。接触四天，他从没跟我说上一句话。到了第五天，我试图和他聊天。"你想和我一起玩吗？"我轻声问他，他仍然低头不语。我拍拍他的肩膀，说："如果想，你就点头，如果不想，你就摇头，好吗？"我再次询问，他轻轻地点点头，但仍然不敢看我。我感到这次交流会成功的，继续问道："我还不认识你，告诉我你的名字，好吗？"他的头更低了，但我分明听到了他的回答——"小豪"。我欣喜万分，要知道，这是他第一次和我说话呢！

我把这个消息告诉了小豪的妈妈。小豪妈妈告诉我，这个孩子跟大多数孩子不一样，他三岁时还不会说话，四岁时才会说一些完整的句子，五岁才会拿笔写字，在很多方面都比其他的孩子晚发育很多。

我忽然理解了小豪之前的怪异表现和冷淡态度，他就是来自星星的孩子，不太懂得表达自己，不太愿意与人亲近，他喜欢沉浸在自己的世界里。他喜欢画画，他的画色彩明朗，充满想象力，这是上天赋予他的特殊才华。从那以后，我经常在班上表扬小豪，每次听到我的表扬，他都两眼放光，十分高兴的样子。我还经常与他聊天，当然，大多数时候是没有得到回应的。但我相信，总有一天，他会乐意和我交流的。

一天，小豪哭着来找我，我问了几次，他依然不说话。不过我很欣慰，他已经愿意主动来找我了，不知他是否已经开始接纳我了？我为他擦干眼泪，带着他洗洗脸，再次追问下，他终于说话了："有人追着我跑。"我安慰了他一番，教育了调皮捣蛋的孩子。接着，我回到班上，把小豪的绘画作品展示出来，说道："这是我们班这次科技绘画的一等奖作品，你们猜猜，是谁画的？"过了半晌，我大声说："是小豪画的！我们用热烈的掌声祝贺他吧。"孩子们感到很惊奇，但掌声十分热烈。穿过几十双小手，我看见小豪的脸上笑开了花，他笑得那么开心，那么纯真，之前的不快顿时烟消云散了。

我相信，那个时刻，小豪是幸福的，我也是幸福的。他暂时忘记了自己的那个星星世界，与大家一起笑，一起乐。孩子的快乐如此简单，就连小豪都接受了我，我还有什么理由去抱怨生活呢？其实，小豪和所有的孩子一样，希望被肯定，被关怀，被赞扬。来自星星的小豪，你并不孤单，你的周围还有星星，还有月亮，当你听到我们的呼唤时，如果你愿意抬起头看看，你会发现，我们一直都在。

一次，我经过学校走廊，小豪和一群女孩子围坐在一起，玩着拍手的游戏。阳光透过浓密的枝叶撒在孩子们的脸上，小豪是笑着的，我知道，他很开心。他在阳光下笑着拍手的一幕，始终定格在我的脑海，多年以后，当我再次走过这条走廊，仰头望天的时候，希望这个名叫小豪的男孩，能一直微笑着面对生活。

桃花源里

每到夜晚,雨滴落到房檐下的青苔地上,敲击出富有节奏的韵律,别有一番韵味。独在异乡的我,听着那滴答的雨声,心里就多了一份温暖和踏实。

锦官城行记

2009年的秋天,我到著名的"天府之国"——成都生活了一段时间。如今我离开的时候,已经是深秋了。我如水的思绪,我轻盈的足迹,都留在了这个美丽而温柔的城市,正如此时车窗外的浓浓秋雾,厚重而淡然,萦绕不散。

成都平原,这个地处中国内陆的天府之国,四周被高原、高山包围,她的西北面是雄伟的青藏高原,东北面是粗犷的黄土高原,东南面则是巍峨的秦岭。大自然却在这险峻的群落之中安置了这么一块肥沃而富庶的土地。

成都平原不同于青藏高原的苍茫雄浑,也不同于黄土高原的粗犷豪迈,更不同于秦岭山脉的幽深险峻,她有着属于自己的气质。

长江从青藏高原奔流直下,在高原、山地与平原交接的地段倾泻直下,有万马奔腾之势。而到了成都平原的怀抱,那雄浑的气势逐渐变缓,萦萦绕绕,弯弯曲曲,竟流淌出一种温柔而恬美的气质。也许,成都的温柔、成都的沉郁、成都的闲适,都源于这条自古流淌而永不枯竭的生命之源吧?

秋 雨

从武汉到成都,从江汉平原到成都平原,给我的感觉是那么不一样。尤其是天气。武汉的天是阴沉而闷热的,即使是在这本应秋高气爽的初秋季节,天气也还如盛夏那般酷热而沉闷,既没有一丝风,也没有一点湿润的气息,给人的感觉总是干燥的、沉闷的、燥热的。而一到成都,她就向我尽情地展现她所有的温柔和温润。成都的天气是湿润而清爽的,十分宜人。尤其是成都的雨,更给这个城市增添了一种独有的氛围。

两次来成都的时候,天都下着蒙蒙细雨。天是阴阴的,路面是湿湿的,却增添了一份古老而宁静的气息。她用雨做面纱,掩盖了她最真实的容貌,但又朦朦胧胧地隐透出其绰绰身影,一切都向我显示着她的羞涩和神秘。

成都的秋雨绵绵的,淅淅沥沥,轻柔如丝,温柔地覆盖在路面上、房顶上。雨丝浸湿了爬山虎,秋日的爬山虎依然绿如翡翠,经这秋雨的洗涤,更显得娇嫩可爱了。

下雨的时候散步是一种独特的享受。我是一个喜爱在雨中漫步的人,雨不要太大,风也不要太大,有一点即可,而成都的秋雨满足了我这奢侈的要求。下雨的时候,雨丝缓缓地飘下,夹杂着轻柔的风和浓烈的火锅的味道。淡淡的风,丝丝的雨,拂过枝头,拂过脸庞,拂过发梢,轻柔无比,像恋人的双手,像潺潺的溪流,像轻盈的飘絮……

　　白天下雨的时候并不多,而夜晚多半是会下雨的,这夜雨下得悄无声息。夜深人静的时候,完成了烦累的工作,躺到床上的时候,才听到窗外不知何时已经响起滴滴答答的雨声了,便想起了李商隐的诗句来,"君问归期未有期,巴山夜雨涨秋池。何当共剪西窗烛,却话巴山夜雨时",多美的夜雨、多美的思念啊。

　　我住的是一排老旧的居民楼,房檐下、石阶上都长满了淡淡的青苔,看上去更显清幽。每到夜晚,雨滴落到房檐下的青苔地上,敲击出富有节奏的韵律,别有一番韵味。独在异乡的我,听着那滴答的雨声,心里就多了一份温暖和踏实。

　　那曼妙的雨滴声有如一首温馨的摇篮曲,伴随着我进入异乡的梦。

榕　树

　　成都又称"蓉城",为什么叫这样一个富有诗意的名字?我也没有查证过。不过巧合的是,成都市区种植最多的是榕树,"榕"与"蓉"同音。

　　榕树是属于桑科的常绿大乔木,树形奇特,枝叶繁茂,树冠巨大,树干不高却生得错落有致,它还能生出许多气生根,不断繁衍,甚至可以独木成林。那一束束、一簇簇气生根连结着树干,乍一看像满街都挂着拖把,却也十分有趣。

　　记得小时候听过许多故事,榕树都是出现在那些美好而神秘的故事里，有榕树的地方总会有一湾平静的湖水，抑或是一片青葱的草地。

我曾经在武侯祠看到了一棵古老的榕树，他生长在一堆大石中间，巨大的根须把大石包围起来，形成了一道奇特的景观。我难以想象，多年以前，一颗稚嫩的种子无意中掉落在这堆大石中的土壤层上，他是怎样艰难地去汲取大自然的雨露和阳光破土而出的啊，尔后他又是如何冲过石头的压迫和阻挡而绿冠如盖的啊。

在漫长的岁月里，他经历过多少风雨烟云啊。也许他见过诸葛军师运筹帷幄，见过关羽大将挥斥方道，也见过少女把蚕丝织成蜀锦，见过少年把黄牛赶进栅栏，也见过轻烟变为浓烟，见过乡村变为城市……

多年后的今天，他长成了一棵参天大树，比周围的树木都高，甚至比那栋三国文化陈列馆都高。他就像一位苍老而慈祥的老人，看尽世事沧桑，却依旧繁茂不衰，那一簇簇根须，就如老人浓郁的胡须，充满神秘和智慧。

方　音

一下火车，就听到满街成都方音此起彼伏。这里的方言与我家乡的很接近，都属于西南官话区，而且地域上也相距不远。所以，即使来到这座对我来说还很陌生的城市，我却感觉像回到了家乡一样。

成都人说的是地道的四川话，一律是平舌音。而在发"阿"这个音的时候很有特点，嘴巴张大，舌头靠前，音调圆润而洪亮。把"到"说成"拢"，"干什么"是"干啥子"，"撇"则是"很差"的意思。

更为忍俊不禁的是"川普"，即带着四川方言的普通话。"川普"听起来像歌曲，有着抑扬顿挫的旋律，还有一些方言词用普通话说出来便更有一番趣味了。比如"要得""确实"。

其实他们能说出"川普"也不容易，因为成都人对自己的方言有着十足的自信，如果一个成都人跟你说"普通话"，就只有两种可能，或者是因为他的方言使双方的交流无法进行下去，或者是他根本就不是本地人。我经常看到这样的场面：一个人说着一口标准的普通话，另一个人则说着标准的四川话，谈得海阔天空，不亦乐乎。

不过，虽然操着一口方言，但成都人那种热情和开朗则是掩盖不了的。即使你一点都不懂他说的是什么，但是从对方那洪亮的嗓音和爽朗的笑声中，就可以感受到那种热情。

茶 阁

都说成都是休闲之都，确实如此。走在街上，很少见到步履匆忙的人。人们大多是慢悠悠地闲庭信步，或带着自己的宠物四处游玩。成都人的另一大享受便是喝茶。

大街小巷，除了火锅店之外最多的要属"茶阁"了。我称之为茶阁,而不称茶馆,是因为一说到茶馆,人们便会很自然地想到老舍笔下那种北京式的茶馆,是个三六九等都热闹聚集的大杂烩。然而,成都的茶馆都是极其精致的,安静,闲适,讲究的座椅和壁画,还有温馨的灯光。邀上一两个朋友,坐在这样精致的茶阁里,品茗谈天,海阔天空,实在是人生最好不过的享受了。

这样的深秋时节,在幽静的院子里,用一株株桂花围成一个天然的"茶室",茶香混着桂花的香气漂浮在空气中,有清凉的微风吹来,令人神清气爽而飘飘然。有的地方甚至还学古人流觞曲水,吟诗作对,就茶作诗,这也是人生的一大景致。

茶是需要品的,不像喝酒那样豪爽,品茶是一种享受,从中可以体味到大自然的无限魅力,甚至可以体味到人生的无限乐趣。

不知是成都人的闲适品格才形成了饮茶之风,还是饮茶才造就了成都人这闲适淡定的生活态度。在这淡淡的茶香中,不知是我变成了那一朵桂花,还是那一朵桂花变成了我。

三　国

"蜀主窥吴幸三峡,崩年亦在永安宫。翠华想像空山里,玉殿虚无野寺中。"

卧龙把握了天下大势,也发现了这块天府宝地。于是,历史上留下了一个名词——三国。三国文化不但是中华文化的重要组成部分,而且远播到海外。我曾在武侯祠的三国文化陈列馆里,看到泰国刘氏亲族献给蜀主刘备的锦旗。而蜀文化则是三国文化的重要组成部分，成都则成为蜀文化的重要载体。

参观武侯祠，可以看到历代皇帝及名人为刘备、诸葛亮、关羽、张飞、赵云等一大批蜀国的文臣武将的刻字、刻碑、雕像、题字。一进武侯祠的正门，东侧即是著名的"唐碑"，由唐代宰相裴度撰文，著名书法家柳公绰（柳公权之兄）书写，名匠鲁建勒石上碑，因文章、书法、镌刻都出自名家，被后世称为"三绝碑"，珍贵无比。在汉昭烈庙大殿的长廊壁上，嵌有岳飞誊抄的前后《出师表》石刻。石碑共三十七块，每块高六十三厘米，宽五十八厘米，刻工精良。从那恢宏而飘逸的字体中，我甚至可以听到岳飞元帅心中那无比的澎湃，以及历史长河中的波涛汹涌。武侯祠中还有凤仪亭、结义园、桃园以及锦里古街。

三国，那是一段怎样汹涌澎湃的历史之河。三国英雄，那又是怎样一群同样汹涌澎湃的豪杰之士。英雄们胸怀天下，在历史的浪潮中奋进。当我瞻仰这一位位英雄的时候，历史的波涛似早已沉寂，万马齐喑，而我唯有感叹："白发渔樵江渚上，惯看秋月春风。一壶浊酒喜相逢，古今多少事，都付笑谈中。"

英雄的足迹深深地印在这片厚重的土地上，而这片土地，将承载着英雄们的伟绩，继续前行。

读渊明

晋有陶渊明，号五柳先生，谥号靖节。浔阳隐者，不喜拘束，才华颖异，冰清玉洁。喜酒，爱琴，隐世，躬耕，读书，作文，望远，怀古。至才，至情，至真，至性，如花中之芙蓉，似木中之茂松；出淤泥而不染，处乱世而志洁；为后人之榜样，作蓬莱之山翁。其人，其文，其志，其情，交日月之辉，和江河之声。斯人已去，尔独何伤？其人虽没，千载留情。

陶渊明，这真是一个令人景仰的灵魂！

他是中国文学史上一颗璀璨的明珠，是中国古典诗歌的一座丰碑，一个被后世推崇备至的大诗人。同时，他也是中国文人隐逸之风的开宗者，一个给人们以生活之智慧的哲人，一个不得不令人佩服、景仰的伟大的灵魂。

渊明志趣豪逸，后世文人，无不景仰。

孟浩然诗曰"尝读高士传，最嘉陶征君。日耽田园趣，自谓羲皇人"（《仲夏归汉南寄京邑旧游》）。杜甫写到"宽心应是酒，遣兴莫过诗。此意陶潜解，吾生后汝期"（《奉寄河南韦尹丈人》)。白居易以"垢尘不污玉,灵凤不啄膻"(《访陶公旧宅》)来称赞其高尚人格。欧阳修诗赞"吾爱陶渊明,爱酒又爱闲"。苏轼说:"平生出仕,以犯世患,此所以深愧渊明,欲以晚节师范其万一也。"(《和陶诗七十八首》)……可以看到,他的诗文,他的人格,对后人产生了极为深远和深刻的影响。

渊明被后人推崇为隐士的典范,"真人"的楷模,人们羡慕他,效仿他,他成为人人称道的至真至性之人。然而在他所处的那个时代,他却是一个无名的失败者,一个孤独的行走者。正如许多天才一样,在世并没有什么名声,甚至成为人们取笑、嘲讽的对象,意大利的伽利略如此,荷兰的凡·高如此,奥地利的卡夫卡如此,中国的陶渊明也是如此。

渊明也曾充满豪情壮志,但在其经历残酷的政治斗争后,他变成了一个独行者。

在追求自我价值的道路上,渊明是一个独行者。

在利欲熏心、尔虞我诈、风云变幻的政治生活中,当所有的人都向权力屈膝,向利欲称奴,向朋辈举刀的时候,他却不愿意委曲自己的心志,不愿意出卖自己的灵魂,不愿意在这污浊的世事中随波逐流。于是,经过几次艰难的尝试和斗争过后,他毅然决然地转身,走向宁静的乡村,走向淳朴的田园,走向他心灵的安身之所,他的生命在这里得到慰藉、沉寂,直至升华。

然而,年轻气盛的渊明也有自己的宏图大志,也有自己的青春激情,也有自己的梦想抱负。"少时壮且厉,抚剑独行游"(《拟古》其八),"猛志逸四海,骞翮思远翥"(《杂诗》)。但是,当他怀着"大济苍生"的抱负走向官场,准备干一番事业的时候,遇到的却是森严的等级、无情的争斗以及同僚的冷眼和排挤。

物不平则鸣,他在黑暗的政治生活中无法实现自己的人生价值,于是发出"日月掷人去,有志不获骋"(《杂诗》其二)的牢骚和"志意多所耻"(《饮酒》其十九)的悲愤。他感到自己"心为形役",他常常问自己:"田园将芜胡不归?"(《归去来兮辞》)他在官场和田园之间几次徘徊,往返颠簸,不断尝试,却又不断失望,最终直至绝望。"富贵非吾愿,帝乡不可期"(《归去来兮辞》),那么,就到宁静的田园去寻找自己的安身之所吧。他最终回到了自己"心念山泽居"的田园心乡,哪怕"环堵萧然,不蔽风日;短褐穿结,箪瓢屡空"(《五柳先生传》),哪怕"种豆南山下,草盛豆苗稀"(《归园田居》其三),哪怕"夏日长抱饥,寒夜无被眠"(《怨诗楚调示庞主簿邓治中》),哪怕"饥来驱我去,不知竟何之。行行至斯里,叩门拙言辞"(《乞食》),哪怕"躬亲未曾替,寒馁常糟糠"(《杂诗》其八)……在这里,他能找寻到内心的平静与富足。他有过"贫病常交战"(《咏贫士》其五)的苦恼,有过生活的穷困潦倒,但即使这样,他也不愿委屈自己"性本爱丘山"(《归园田居》其一)的天性去为官从政。"宁固穷以寄意,不委曲而累己"(《感士不遇赋》),尽管生活上有再多的困难,但是精神上得到了宽慰,那些烦恼困顿也是值得的了。为了生活而活着?抑或为了活着而生活?我想,渊明给我们作了最好的回答。

隐居后的渊明,完全成为真正的自己,就像一只迷茫离群的鸟儿，经过苦苦的挣扎和努力，终于找到心灵的栖息之地。他找到了自己的方向，找到了自己的家园，获得了精神上的归属感。淳朴的田园生活，没有虚伪，没有纷争，没有杀戮。渊明醉情于山水，躬耕于田园，与农人交游，以杜康为伴，逍遥自在，悠然自得。他享受着田园的美景，享受着劳动的乐趣，享受着"弱子戏我侧，学语未成音"（《和郭主簿》其二）的天伦之乐，其恬淡、安闲、无争、任真的品格触人颇深。当读到"采菊东篱下，悠然见南山"这样的句子时，便感到一种来自灵魂深处的舒展与自由；那种"晨兴理荒秽，带月荷锄归"（《归园田居》其三），"既耕亦已种，时还读我书"（《读山海经》其一）的悠闲生活，乐趣无穷，令人神往。

渊明超脱了功名，超脱了贫富，还超脱了生死。固然有时光忽易，人生苦短的哀叹，但是，他知道超脱生死的最好方法就是将自己同一于自然，融合于造化。"死去何所道，托体同山阿"（《拟挽歌词》其三），死，并不是一种悲哀，而是与自然同在，是人生转化的一种形式。"纵浪大化中，不喜亦不惧。应尽便须尽，无复独多虑"（《形影神·神释》），"裸葬何足恶，人当解意表"（《饮酒》其十三），死对于他来说，已不足为道，更不足恐惧，他对死亡的这种坦然甚至超然的态度，不得不令人赞叹。

然而，渊明并非我昔日所想，是一个与世隔绝、不食人间烟火的圣徒，而是一个至真、至性、至爱之人。表面上看，他的感情似乎淡淡的，波澜不惊，其实他是一个具有浓烈感情的、热烈豪放的人，梁启超就说他是"一位缠绵悱恻最多情的人"。

他吟过《闲情赋》，作过《自祭文》，写过思念亲友、哀悼逝人的文章，是一个有血有肉、情感丰富的"俗人"。见到美丽的女子，为其辗转难眠，为了接近她，他愿意做她的衣领、腰带、发油、眉黛……那种想追求心上人而又担心、紧张、痛苦的情感淋漓而现。在生时，就为自己作好了祭文，也体现出一种幽默和达观的人生态度。在《拟挽歌词》一组诗中，他多次写到自己死无所憾，唯独在生之年没有喝够酒的想法，可爱至极。酒酣之时，他对友人说"我醉欲眠，卿可去"，在外面喝酒，经常就在路边睡着了，有点可笑，有点可爱。而他那些悼念逝去的亲朋好友的文章写得更是发自肺腑，感人至深，动情之处，足以催人泪下。

陶渊明是一个如此崇高的灵魂，只有以仰视的姿态，才能瞥见他神灵般的气质。他有仙人的风气，更有性灵的血肉；他有文人的清高，更有平民的忧乐；他有高洁的思想，更有生活的真情；他有为诗作文的才华，更有生活的睿智。他那种超脱的人生韵味、洒脱的人生态度深深地折服了我。读他的诗文，仿佛进入了桃花源，期望与他心有灵犀，期望与他对饮抚琴，希望他指引着我，让我的心不再浮躁，不再忧愤，从而走向真正的自己，走向生命的安身之所。

读渊明，读渊明《文集》，我想，我学到的不仅是怎样行文运笔，怎样鉴赏诗歌，怎样熟知文学史，还有许多更重要更有价值的东西，比如追求，比如信念，比如人格的修炼，比如生活的哲学。

我眼中的苏轼

一提到宋代文学，我们就会很自然地想到苏轼。他是一个罕见的文艺全才，宋文、宋诗、宋词都在他手里达到了高峰，可以说，苏轼代表了宋代文学的最高成就。

海内外掀起了一股"苏学热"，人们欣赏苏子的诗文，敬仰他的人格，他的故事广为传唱，得到了许多专家学者乃至民众的热捧。就连清华附小的六年级小学生，也对苏轼产生了浓厚的兴趣，用现代化的科技手段和新颖的学习方式，对苏子进行了全面的剖析和研究。与传统印象中的中国文人相比，苏子少了一些文人的清高，多了一些人间的烟火之气，他是活生生的、有血有肉的，存在于我们的文化之中。也许，他就像一位亲切的大哥，一位说话幽默的邻居，村边的一位老叟，抑或是混迹于众生中的一位普通劳动者。

他博学多才，经历坎坷波折，最终释然而乐观豁达，以其才学和人格对宋代甚至后世文人产生了重大影响。他的诗、词、文对后世文学都有深远影响，诗歌影响到明代公安派和清初宋诗派,而词直接为辛派词人所继承,开创了豪放词派。而他的散文对后世也有深远影响。

苏轼主张文章必须有为而作,重视文章的艺术性。其文如行云流水,"随物赋形",气势雄放,语言却平易自然。散文主要是史论和政论,不仅技艺高超,善于议论,而且见解新颖深刻,富有启发性,展现了其非凡的才华和独到的见解。写景咏物抒怀之作如行云流水,浑厚雄大,将叙事、议论与抒情相结合,富有浓厚的抒情性和哲理意味。如《赤壁赋》《石钟山记》等,都是大家耳熟能详的名篇。

苏轼的诗歌堪称宋代诗歌最高成就的代表,他一生写了两千七百余首诗,成为宋诗史上最杰出的代表。他强调有感写诗,鄙弃有意为诗;在艺术上提倡自然天成。在诗歌创作上,他以其博大的胸襟和卓越的才华,兼收并蓄,形成了其刚柔相济、"清远雄丽"的独特风格。

苏诗题材上以干预现实和思考人生为主。体现了深刻的批判意识,《荔枝叹》"至今欲食林甫肉,无人举觞酹伯游。我愿天公怜赤子,莫生尤物为疮痏"以诗纪实,劝诫当朝主政者以史明鉴。而且他善于从人生遭遇中总结经验,从平凡事物中窥见哲理,创作了很多富有理趣的诗歌,最喜欢《和自由渑池怀旧》中的"人生到处知何似,应似飞鸿踏雪泥"一句。在人生的旅途中,我们有意无意间,留下了自己的足迹,给自己,也给他人,带来一些正能量,如此佳句,苏诗中不尽其数,充满了哲理性的思考。而苏轼做到了,直到现在,苏轼在黄州、惠州、儋州等地留下了他的印记，传承千年。几年前我游历惠州，在平静的惠州西湖畔，有一尊东坡石雕，他头戴子瞻帽，侧卧湖畔，神态自若，正是我心目中苏子的样子。

苏轼主张以文为诗，以议论入诗，他的诗歌具有以文为诗的自由通脱，呈现散文化和叙事性，常体现出诗性的勃发和诗情的豪壮。形式上创新，诗前有序，交代写作背景，丰富了诗歌的形式，增添了诗歌内涵。可见，在文学创作上，东坡是一位敢于创新、豪放恣肆之人。

> 可使食无肉，不可居无竹。
> 无肉令人瘦，无竹令人俗。
> 人瘦尚可肥，士俗不可医。
> 旁人笑此言，似高还似痴。
> 若对此君仍大嚼，世间那有扬州鹤。

一首《于潜僧绿筠轩》，读来平白如话，于生活平淡处见真知，令人叹服。

苏诗豪放恣纵，粗犷轻盈，刚柔相济，既有豪放之风，又有轻盈之气，气势雄壮，语言却平易自然。比喻生动新奇，用典左右逢源，对仗精工活泼，无不体现出其诗的"清雄"之风。"我家江水初发源，宦游直送江入海。"（《游金山寺》）语言平白如话，富含诗意。"有如兔走鹰隼落，骏马下注千丈坡。断弦离柱箭脱手，飞电过隙珠翻荷。"（《百步洪》）比喻新奇生动、贴切自然，不得不佩服苏子将激流写得如此细致动人。

而苏诗在写景咏物方面也是富有理趣，在状景抒情之中蕴含哲理。一首《题西林壁》"横看成岭侧成峰，远近高低各不同。不识庐山真面目，只缘身在此山中"，简短四行诗，描绘庐山的千姿百态，更富有哲思，读来韵味悠长，如一坛老酒，越品越香，越品越有味道。

词作为一种新的体式，出现于唐代，兴盛于宋代。词之始发，地位不高，内容也多为风花雪月、爱恋离愁之类，苏轼在提高词的地位上起到了不可替代的作用。他提高词品，主张诗词一体，认为诗词同源，从而提高了词的文学地位。他开拓了词境，提出词"自是一家"的主张，这不仅是将词与诗置于同等的地位，更是从表现对象和审美风格上，使词获得了空前的自由，扩大了词的表现功能，开拓了词境。他主张以诗为词，词也可以像诗那样怀旧、议论，也可以像诗那样表现作者的性情和人格，作词可以像作诗一样采用艺术手法，也可以像文一样用序和用典。在艺术创作上，东坡是一位天才，不拘一格，变革词风，开拓了词的豪放风格。在内容上冲破了传统词描写男欢女爱的主题，词无事不可写，无意不可入。在艺术表现上则表现出充沛的激情、丰富的想象力和奔放豪迈的气势，以奔放的情感或表现自我的英雄气概（《江城子·密州出猎》），或表现自我超越历史的现实思考（《念奴娇·赤壁怀古》），或表现自我不为空间阻隔的人生哲思（《水调歌头·明月几时有》）。苏轼不仅创作了许多豪放恣肆的词，他也创作了其他有雕琢色彩的缛美之词和率性而为的自然清丽之词。

　　苏轼的词中表现了他的双重性格，即消沉郁闷和旷达淡泊共存。一些作品表现了他"世事一场大梦"的消沉与虚无，这是他对人生易变、世事无常所流露出的一种消极情绪，但是他也在很多作品中表达了他旷达的人生态度和乐观的思想，这是在历经坎坷曲折之后表现出的释然。

　　他还重视发现和培养文学人才，赢得众多"粉丝"。虽被贬谪，每到一处，仍潜心为政，为百姓做了许多实事，因此也赢得了广大老百姓的拥护。在沉浮宦海、多舛命途中，他宠辱不惊的人生态度为后世文人所敬仰膜拜，他宽广的审美态度对后人产生了深远的影响。

　　而在生活中，苏子则留下了许多生活方式和趣事典故。东坡肉、苏堤、子瞻帽……这些熟悉的名字流传至今。在琐琐碎碎的生活中，在淘尽浪沙的历史长河中，这个遥远的宋代文人，活生生地站在今人面前。

像"她"这样的一个女子

像"我"这样的一个女子,以一张朴素的脸、一袭朴素的白衣,孤独而自由地活在这个世界上,"我"执着地追求着,思考着命运、爱情和死亡的意义,给读者一股强大的震撼力和突来的觉醒。这是我读西西的小说《像我这样的一个女子》最大的感触。

小说表现了三大主题:命运、爱情和死亡。主人公在小说中不断对这三大主题进行思考和探索,虽然这三者之间有着错综复杂的关联,甚至难以理清,但主人公内心的认识是清晰、深刻而且坚定的。

"像我这样的一个女子,其实是不适宜和任何人恋爱的。"小说以一个女子的内心独白开篇,而且文中多次出现这种叙述。表面上看来,似乎是一个忧伤的女子的顾影自怜。"其实"一词,带有一种对现实的无奈,对命运的无能为力,甚至带有一点自责和懊悔。小说中有许多关于"命运"这一主题的思考和追问,如"我想,我所以能陷入目前的不可自拔的处境,完全是由于命运对我做了残酷的摆布。""对于命运,我是没有办法反击的。""也许,我毕竟是一个人,我是没有能力控制自己而终于一步一步走向命运所指引我走的道路上去的。""……不管是什么人……只要命运的手把他们带到我们这里来,我们就是他们最终的安慰。""长长的一生为什么就对命运低头了呢?"她似乎在向读者传达一个观念:人在命运面前是无能为力的,你就认命吧!但从她的娓娓叙述中,我们似乎也感觉到了一种不可抵抗的信念所产生的冲击:不要在命运面前屈服!

爱情和死亡,都是命运的一部分,也可以说是生活的状态。人们总是执着地去追寻真爱,去探索爱的意义和永恒。对于真正相爱的两个人来说,即使他们远隔千山万水,甚至是阴阳相隔,在彼此的心中也会存在着最纯洁、最忠贞的爱情,也会为对方保留一块最纯净的心灵圣地。

文中的女子,显然是深爱着夏的,她"不可自拔",为他的一个随意的微笑而魂飞魄散,会因他牵她的手,为他理发、打领带,因深深凝望他而感到幸福无比。然而,这样一个女子对爱情又是极其地忠诚,她不想对他隐瞒她的职业,她要让他知道她、认识她,明白她从事的职业,即使失去他,并承担因这失去而带来的无尽的痛苦也在所不惜。因为她就是这样的一个女子,正如她永生的母亲一样:因为爱,所以并不害怕。

死亡是大自然的天然准则,任何人都无法避免。既然如此,我们何不以一种坦然的态度来面对死亡呢?何以做到坦然,那就是让一切富有意义,不悔度一生,让自己生得有意义;不轻视生命,让自己死得有意义。唯有此,在我们弥留之际才会得以慰藉自己的心灵,并因这慰藉而寻得一种安宁从容的心境。

想起那对殉情的年轻人,男孩安详的表情表现出他面对死亡时的宁静,而这份坦然正是由于有了爱情的支撑。但在"我"看来,他的安详只是表面上的,他的自杀是一种极其懦弱、愚蠢的行为。她甚至认为,"当我躺下,我的躯体与我,还有什么相干呢"? 与怡芬姑母的执着相比,这是对死亡的一种超然态度。

小说对命运、爱情、死亡进行了反复的论证,揭示了三者之间的必然而又复杂的联系,启发读者对这些永恒话题的思考。

小说有两条线索,一明线一暗线。明线即"我"和夏之间的感情及其引发的"我"的思想意识的流动;暗线即怡芬姑母的感情经历和性格变化。还不时向读者展示了一些小故事,如一对年轻人为情自杀,"我"的父母的感情经历等。两条线索相互交织,构成了情节的交织叠合和思绪的跳跃。

小说并不是要给我们叙述一个完整曲折的爱情故事,而是着力展示一个从事特殊职业的孤独的女子对于人生、爱情、死亡等充满哲学感悟的思考。

"像我这样的一个女子,其实是不适宜和任何人恋爱的。"这是小说主人公的内心独白,置于开篇,其目的是使读者直接进入主人公的"内心世界",参与到叙事者的内心独白之中。这样幽怨的独白营造了一种幽暗的阅读氛围,奠定了小说的基调。小说中大量使用表示感受、主观意识的动词和短语,如"感到""我想""我知道""我不知道""我觉得"等等。

此外，象征性意象以及心理独白的多重展示，使读者能更准确地把握人物多层次的感情和思绪。

首先，文中多次出现"苍白的手和脸""素白的衣服""防腐剂的气味"的意象，这些意象都是具有特定的象征意义的：说明"我"的职业的特殊性，同时还带上了一点神秘色彩；表明"我"的生活环境和工作环境的特殊性，从而造成了"我"忧郁、沉默的性格；展现了"我"朴素、本真的生存信念和孤独、忧伤的性格特点。

其次，文中用了大量的内心独白的重复展现。重复事实上是思想的构筑，而每一次重复都有所突显。"像我这样的一个女子，其实是不适宜和任何人恋爱的。"这句话在文中共出现了三次，我们可以从中感受到女子思想感情的发展变化：第一次独白，是对即将失去的爱情的感叹和忧伤；第二次独白，是对自身命运的感叹，放弃爱情而回到过去的生活状态的决心；第三次独白，是对他们爱情的完全否定，表示要做回自我，过自己的生活。

小说一直强调"像我这样的一个女子"，这句话的多次重复出现使读者对主人公的认识一步步加深。开始我们会认为这是一个幽怨、伤感的女子，只会为自己的生活无端地忧愁；在我们了解有关她的工作过后，主人公的形象逐渐高大、坚强起来，这是一个勇敢而富有爱心的女子；我们知道这个女子要带她的男友去她工作的地方，哪怕是失去对她来说弥足珍贵的爱情也要真诚相待，这时，这个女子变得美丽而崇高，她真诚，执着，有感情，有思想。

从小说的结构来看，大段的叙述与人物对白交替排列，使文章表现的感情线张弛有度，思绪富于变化。简短的人物对话不仅使读者在阅读视觉上得到放松，思绪上得到舒缓，而不致被太多的沉闷的感情所压抑，而且能够推动故事情节的发展，引领读者的思绪和感受跟随主人公的意识流动，从而有利于读者更准确、更深刻地把握作品。

像我这样的一个女子：一个孤独、忧伤的女子。

这个女子，从事着一个特殊的职业——入殓师。这职业使得她周围的人对她拒而远之，她没有朋友，父母早亡，没有人能够接受她，更没有人能够理解她，"即使我的手是温暖的，我的眼睛是会流泪的，我的心是热的"，但周围的人并不理解。这份工作与死亡、寂寞零距离接触，导致她处于一种孤独而无助的境地。因这孤独和她性格中天生的忧郁因子，她的性格孤僻、沉默、忧郁而又敏感。

在这样的生活状况下，一份爱情不期而至，用她的话说，是"命运的残酷的摆布"。这爱情让她感到有了依靠，变得快乐。然而，快乐只是表面上的，她的内心还有隐隐的担忧：夏知道她的职业后，是否还能继续爱她？是否能接受她、理解她？是否还有勇气与她白头偕老？"我看来是那么快乐，但我的心中充满隐忧，我其实是极度的不快乐。"这些，都是她的爱人夏所不知的，"他是快乐的，而我心忧伤"。

像我这样的一个女子：一个勇敢、坚强的女子。

人们对于死亡天生就有着原始的胆怯，对为死人化妆的人也感到恐惧和害怕。

"我"的朋友因害怕我，或者说害怕死亡都离"我"而去，"仿佛动物看见烈火，田农骤遇飞蝗"般远离"我"。即使如此，她也并不害怕，不害怕死亡，也不害怕孤独和寂寞，只是怀着一颗坚定而执着的心，安静地工作，不去管社会的冷遇，不去管朋友的背弃，甚至不去管即将失去的爱情。她有着自己的追求和信念，她要让那些失去了生命的人在最后时刻显得心平气和与温柔，给他们以安慰和尊严。更重要的是，在这个地方，没有人世间的是是非非，没有妒忌、仇恨和争执，没有对手，没有观众，也没有掌声，只有自己低低的呼吸、潺潺如水的思绪。

像我这样的一个女子：一个朴素、本真的女子。

一张素脸，一袭白衣，一个朴素的女子，在自己一个人的世界里安静地生活着，内心也怀有对爱情的渴望，一种简单而朴素的情感。当幸福降临，在享受爱情带来的快乐的同时，不免产生一种隐忧，这隐忧是有必要的，因为她就是一个真诚的女子，对爱情诚实、忠贞，不会隐瞒，也没必要隐瞒。如果因为她的诚实而丢失了爱情，我想，也是无可惋惜的。

这样的一个女子，以自己的思想和方式生活着、奋斗着、追求着，以一个本真的"我"去面对社会，面对死亡，面对朋友和爱情。虽然她也渴望社会的容纳、朋友的理解和爱情的滋润。

相信未来

当我再一次读到诗人食指的那首传世名作——《相信未来》时,我的心被深深地震撼了。虽然在我还是个小孩子的时候就已经熟知这首诗了,但是,在今天,在我经历过人生的一次次艰难困苦的跋涉的今天,我依然被这首诗深深地感动了、折服了。

那浅显而又深刻的话语,那凄美而又奔放的文字,那伤感而又勃发的神采,深深地触动着我的心弦。我的心,在某个辽远的角落,颤抖,神往。

读着这美丽而忧伤的诗行,我的心里有一种难言的悲哀,为诗人,为自己,为周围的一切的不完满。但欣慰的是,我在这伤感之余,也听到了诗人的心声,他告诉我:人生本来就有很多不完满。把生活中的困难夸大,整天慨叹世事,怨天尤人,这样只会使自己陷入思想的困境,怎么也逃不出来,也便会更觉得生活无光,前途茫茫了。

这种声音愈加强大,乃至战胜了我那敏感多愁的天性。

诗人告诉我：相信未来。

就是这简单的几个字，让我明白了生活的深刻哲理。即使生活再残酷无情，人生再命途多舛，即使我的生活遇到再大的艰难和困苦，我的心灵遭遇再大的磨砺和打击，我也要坚定地"相信未来"。

他用坚定而铿锵的声音告诉我：相信未来。

炉台被"蜘蛛网无情地查封"，"紫葡萄化为深秋的露水"，"鲜花依偎在别人的情怀"。不论目前的生活多么艰难，不论多少次的希望变为失望，不论爱情的遗失或是理想的幻灭，不论遭遇什么样的困难，诗人依然倔强地、坚强地、郑重地，写下他的信仰：相信未来!

"相信未来"，当诗人"用美丽的雪花"写下这几个字的时候，当诗人"用孩子的笔体"写下这几个字的时候，我的眼睛湿润了。我无法亲身体验诗人所处的那个时代，那些跟食指一样的青年曾遭受过的苦难和悲哀，但是我懂得，生活的困苦是每个人都不能逃避的。命运是公平的，命运之神并不会因为新时代的来临而对我们有所眷顾，生命的轨迹也不会因为科学技术的进步、经济水平的提高而对我们有所更改。其实，每个人都有自己难以逾越的困境。无论是在远古还是现代，无论身处富贵抑或贫寒之家，无论声名显赫还是平凡无名，每个人在他的生命过程中，总有难以翻过的坎，难以逾越的沟，最多只是大小不同罢了。

人的一生不完全是一帆风顺的，也不尽是完满和美好，因此，我们每个人都少不了这句箴言：相信未来。宇宙是永恒的，生命是永恒的，当仰望那无穷的苍宇时，当面临那未知的来路时，我的心顿生一种莫名的恐惧，同时，伴着期望。

当我们面临困难的时候，当对未来一片迷茫的时候，我们需要智者的指引。食指告诉我们：

> 我之所以坚定地相信未来
> 是我相信未来人们的眼睛
> 她有拨开历史风尘的睫毛
> 她有看透岁月篇章的瞳孔

不论今天的处境多么凄凉，不论身边人的离弃或是背叛，不论他人的冷嘲或是热讽，诗人依然保持着最美的姿态，用苍凉浑厚的声音，诗意地告诉我们：相信历史，相信未来。因为，历史，就是见证，时间，能证明一切。

伟大孕于平凡。"相信未来，热爱生命"，这平凡的话语，成就了诗人的深刻和伟大。

诗人告诉我们的就是这样简单的道理。付出会有回报，年轻战胜死亡，历史拨开风尘，未来充满希望，只要我们对未来持有信心，对生活充满热情，勤劳，实干，专一，生活必将回报给我们丰盛的果实。正如一位哲人所说，"当我们已经年迈苍苍的时候，一切往事都会变成简单的回忆。"我希望，我的回忆，不仅是简单，还有生命的光泽。

土家人的年节文化

每次回到家乡,就像回到了母亲的怀抱里,走在曲曲折折的山路上,闻着路边草木的清香,听着小溪温柔的呢喃,一切都那么富有生机。那是对生命最初形态的体验,是生命孕育过程中特有的神秘力量。

新年快到了,梦回故里,我似乎已经感受到故乡那热闹的气氛了。

俗话说,"大人望插田,小孩望过年",和全中国所有人一样,对于山里的土家人来说,春节是一个值得庆祝的大日子。

由于现代社会的发展和民族文化的融合,家乡的过年风俗似乎改变了许多,与汉民族已经没有什么差别了。然而,土家人那淳朴豪放的性格依然融入这节日中,存在着与其他民族截然不同的氛围。过年,是土家民族文化的盛典,仍可以从中感受到土家人那淳朴而神圣的信仰。

听祖辈们说,以前土家人过年要提前一天,称作"过赶年"。至于这"过赶年"的来历,史书是有记载的。清朝嘉庆年间的《龙山县志·节序》载:"土人度岁,逢月大,以二十九为岁;月小,则以二十八日。相传前土司出军值除日(夕),令民先期度岁,后遂以为常。"清朝《鹤峰州志》也有相关记载:"土户覃、田二姓,土司时于除夕前一日祀神过年,今多仍之。"看来,土家人提前一天过年,是因为土司出征正值除夕,因此土民只得提前一天过年了。也有人对此提出怀疑,认为"过赶年"这一风俗不存在,然而,很多土家乡民还是知道"过赶年"这一风俗的。不过在我的家乡,似乎已经没有看到这样的风俗了,土家人都与汉族一样,改在大年三十(月小则是二十九)过年了。

腊月　盼过年

道是儿童盼过年,守巢翁妪更拳拳。
一思父母一思子,在外打工何日还?

到了腊月,外出务工的人从四面八方赶回家,准备和家人一起过年。腊月里最忙的一件事便是准备"年货"了。有的人家从九十月份就开始准备年货了,从市场上买来猪肉和糯米,做成土家族特有的腊肉和米酒。然而,更多的人家是从腊月才开始做这些工作的。

从我模糊的童年记忆中搜寻,依然记得奶奶煮的香喷喷的米酒,和家里杀年猪那段日子,所有人好像都特别兴奋。奶奶把糯米蒸熟，放在大盆里，撒上米酒曲，搅拌均匀后放到温暖的地方，如裹在棉被里，或置于灶台上，进行发酵。没过几天，满屋子都是浓浓的米酒香味。儿时的我总是禁不住那香味的诱惑，掀开盖子尽情品尝美味。至于杀年猪，我在童年时目睹过热闹而惨烈的场面。人们将喂养了一年的肥猪拖出猪圈，那猪号叫着、挣扎着不愿走赴"刑场"，颇有几分悲壮的意味。一刀下去，那猪便不再叫了，滚热的鲜血流到事先准备好的器皿里——加上糯米晒干，就是极美味的猪血粑。屠夫熟练地将猪肉切割好，摆在案头。接下来，主人便会做一顿丰盛的午饭请客人来吃，还会给邻居送去鲜美的猪肉。一块块整齐的猪肉被放在木板上，用盐和花椒腌了，放到炉灶上方的架子上用烟火熏烤，制成腊肉。有的将肉剁碎，撒上香料，装进肠衣，熏制成腊肠。为了使肉更香，土家人会用杉树枝、橘子皮、樟树叶、瓜子壳等来熏烤，烤出来的肉黄澄澄油光光的，是极美的食物和馈赠佳品。

  煮了米酒，杀了年猪，还要做"绿豆粉"，其实就是米粉，其原料中并没有绿豆。这也是我儿时关于过年最深刻的回忆之一了。屋后有一台古老的石磨，奶奶和爷爷配合，先将大米磨成浆，一边磨一边将大米倒入石磨的孔里，谓之"添磨"。从磨沿旁留下来的白生生的米浆，米香四溢，比奶油更具诱惑力。磨好浆后，待大锅烧热，将米浆装进特制的瓶子里，瓶盖上钻一小孔，米浆就从小孔流到锅里。爷爷熟练地操作着瓶子，让米浆呈螺旋状凝固在锅底，盖上锅盖，烙出来的便是一圈一圈香喷喷的米粉了。

家家户户都做豆腐，打"和渣"。一般在腊月二十五进行，用饱满的黄豆、天然的井水、山里的柴火做出来的豆腐、和渣十分香甜，比如今市场上卖的美味许多。和渣以黄豆和蔬菜为原料，将黄豆磨成浆，加入细碎的菜叶，只能用文火慢煮，否则豆浆的泡沫就会溢出锅来。此道美食是土家人的特色，制作简便，但营养价值极高，陪伴土家人度过了许多艰苦的岁月。

还说一下打糍粑，那也是让童年的我异常兴奋的一件事。一般在腊月二十七这天进行。因工具有限，需几人合作完成，通常附近的几户人家会一起合作来完成这项工作。将糯米蒸好后放入石臼，年轻力壮的小伙子便挥动木杵，你一锤我一锤，将糯米打烂，然后制成大小不一的糍粑。为了使其色香味俱全，土家人还会在糍粑上印上红的或绿的花纹图案，看上去十分美观。这是土家人过年的必备食物，走亲访友的必备品。家乡仍有童谣唱道："推粑粑，接嘎嘎（外公），嘎嘎不吃酸粑粑。推豆腐，接舅母，舅母不吃酸豆腐。推高粱，接幺娘，幺娘不吃酸高粱。"

腊月里，在忙着准备年货的同时，人们还有其他的活动，腊月二十四便是过"小年"了。这一天家家户户要打扫房屋，清洗家具，祭祀灶神。有人曾据此作过一首小诗《过小年》："或缘为报火食恩，此日年年祭灶君。但看厨中烹饪事，苦辛最是掌勺人。"祭祀灶神是为了报答"火食生养之恩"。到了腊月二十九这一天，家家户户还要贴对联、贴年画，家里于是变了气象,增添了许多风光。有些人家仍保持着传统的习俗——"贴门神"或者"把门将军",一般是秦叔宝、尉迟恭或者关羽的画像。必不可少的项目是祭祖,一家老小提着香火纸烛和年饭去拜祖坟,俗称"送亮"和烧"包封",即给祖先送来灯火纸钱以备其过年之需。

除夕 团年

团圆年饭万家同,桌上亲情比酒浓。
蒸煮干鲜土家味,猪头岁岁入盘中。

正式的辞旧迎新从腊月二十九下午就开始了。家乡人最看重的一件事就是"团年",家庭成员必须到齐,在一起吃一顿团年饭,年终了,一家人要团团圆圆的才吉利。吃饭的时候也是有禁忌的,比如小孩子不能吃鸡爪,否则写字会发抖;未婚青年不能吃猪蹄,否则找不到对象。通常大人这样对小孩说,然后夹起猪蹄狼吞虎咽起来,边吃还边叹道:"好香!"到了晚上还要"守岁",一般都要坐到第二天凌晨。当晚,小孩子给长辈磕头拜年,然后就得到"压岁钱",这当然是小孩们最高兴的事情了。到了午夜十二点,当新年钟声响起,屋外便燃起了烟花爆竹,震耳欲聋,大有你方唱罢我登场的势头。大人、小孩都显得很激动,在欢乐的笑声中,人们迎来了新的一年。

正月　拜年

> 拜年旧例与时移，行礼远方凭手机。
> 未待族尊堂上坐，儿孙早已拜东西。

新年里大家都求个吉利，正月里有很多禁忌，比如初一不能扫地，不能倒水，否则会把一年的运气扫掉或者倒掉；说话也要注意避讳，不能说与"糟""死"相似音的字；更不能和别人吵架或者打小孩，否则一年都将不顺。

正月里最忙的一件事就是拜年了。家乡有句俗话说："初一崽，初二郎"，初一给爷爷、奶奶、伯父拜年，初二给外公、外婆、舅舅拜年。期间还要给祖先拜年，俗称"上亮"。

正月里另一个重要节日就是元宵节，在我们家乡称为"灯节"，即正月十五要"玩灯"。俗话说："三十夜的火，十五夜的灯。"意即三十晚上要把火烧旺，十五晚上要把灯玩好。以前在农村，各个村都要"出灯"，每个村都会派出一个代表队四处"玩灯"。有时几个队遇上了，还要"对歌"，看谁跳得好、唱得好。听我的三姨说，她年轻的时候是"玩灯"的好手，她玩的那种灯叫作"彩龙船"。"龙船"由彩色的纸糊成，姑娘站在中间，就像坐在船里一样，旁边有一个小伙子，拿着船桨划船，送姑娘"回娘家"。众人随着锣鼓声一边唱一边跳，多是模仿姑娘回娘家的情节，唱到一年的收成或喜事，眉开眼笑，图个喜庆。调子是现成的，但歌词往往是即兴的，字数固定，还要押韵，所以玩灯的人不仅要求嗓门好，还要头脑灵活、口齿伶俐。还有"挑花灯"，花灯由一根棍子挑着两头的花篮，边跳边唱和，比如"咿呀咿子哟"，如此反复。

还有其他各式各样的灯，有的形似蚌壳，有的扮成猪八戒或孙悟空，还有的举着各式灯笼，热闹极了。如今，家乡有专门的花灯队，比较有名的如"夕阳红"，每年不到正月十五，花灯队就在城里转悠，走到哪唱到哪。还引进其他品种的"灯"，如舞狮子，玩龙灯，让家乡人们感受到不同的"灯"文化。

土家族的花灯是宝贵的文化遗产，有人这样评价它的艺术特色："旱地划船，巴山楚水，载歌载舞，处处不是舞台，处处又都是舞台。舞的是龙舟竞渡，唱的却是园里种瓜；演的是彩龙飞舞，唱的却是上山砍柴。内容和形式看似相悖，环境和情节看似极不协调，然而观众和演员却在参与中达到了完美的统一，幻想和祭祀却在歌舞中达到了完美的统一，下里巴人和阳春白雪却在相撞、相融中达到了完美的统一。"

十五一过，一切都该步入正轨了，上学的去上学，工作的去工作，人们又回到了平凡而紧张的日常生活中。最不平静的是小孩子，他们大多还沉浸在过年的气氛里，怀念那可口的饭菜，怀念长辈给的压岁钱，怀念炸得砰砰响的爆竹，怀念各种好玩的玩具，怀念那股子高涨的兴奋劲儿，兴奋得收不回心来好好学习。于是在老师和父母的训斥中，又急切地盼望着下一个新年。

而对于大多数家乡的大人来说，如今的"年味儿"越来越淡了，在快节奏的现代生活下，土家人尽量把年过得简单一些。生活的压力使很多人想趁着这大好时光好好休息一回，外出打工的人们多半也还没过完年就回到城市里那匆忙的生活中去了。

过年，其最简单的意义就是辞旧迎新。文化在变，习俗在变，但土家人的民族基因没有变，他们从祖先那里继承下来的勇敢、热情的性格没有变，他们那淳朴、善良的情怀没有变，他们对生活那始终饱满的希望、信念没有变，因为大山孕育了土家人，河水孕育了土家人，灿烂的土家文化孕育了土家人。

永恒的魅力
(《纯蓝的艺术》序三)

第一次见杨长征老师,是因学校文学社工作的缘故。起初并无深交,只知他很厉害,是珠海的文化名人。渐渐的,我发现,这位"名人"性格豪爽,平易近人,一点也没有架子,即使是面对几岁的小学生,他都是热情洋溢的。

我时常讶异,年过半百的杨老师,哪来那么多的精力!除了博物馆的工作外,他还经常奔走于各类文艺活动场所,各类诗会、文学艺术研讨会,各民间艺术会场,各小学、中学、大学,乃至老年大学,还将文艺工作开展到了澳门和海外。

杨老师是凤山春芽文学社的顾问,文学社的许多工作得到了杨老师亲自指点,只要时间允许,他是从来没有推却过的。他和孩子们一起,参观过珠海市档案馆、古元美术馆,爬过石溪公园的山,还多次给孩子们讲座……每次都是笑吟吟的。

在出版事业方面,杨长征是珠海的一张名片,采、编、排、校,样样精通。而且工作效率惊人的高,错误率极低,万分之三,甚至是零。出一份《精彩诗报》,从排版、校对到开机,最快只需八小时,一份厚两百多页的《珠海文学》,最快八天。总之,只要是杨老师校对,谁都可以放心地把稿子交给他。

最令我惊讶的是,杨老师在如此烦琐的工作中,还热衷于文学创作,多年来,他笔耕不辍,且产量极高。

杨老师喜欢写诗。我把他的诗歌,比作两种酒,古诗如窖藏,格调高雅,有大气象。现代诗如家酿,初读无奇,却越读越有味道。

文如其人,不错的。杨老师性格直爽,平易近人,慷慨无羁,他的诗平白如话,俊逸潇洒。

从诗歌内容来看,杨诗多取材于日常生活和个人体验,所思所感,皆由心而发。旅途所见,生活所感,文化历史,纵横驰骋。其诗突出一个"真",显得非常真实,富有情趣,很接地气,或者说充满了烟火气,无故作高深、故弄玄虚之态,亦无矫揉造作、无病呻吟之嫌。他自己就说:"文学是生活的结晶。自古至今,作品多如牛毛。据说,一年里,仅中国的诗歌上百万首(含古体)。其实,有大半是硬生。故文字垃圾堆积成山。所谓硬生,强说愁、强造悲,无中生有,虚构虚拟,不接地气,没有生气。眨眼就被淘汰。还真要写些真情实感。有感而发,先发而后讲形式。"杨老师正是在用他的诗行践行着自己的诗歌艺术观,"有水份","唯心唯灵""唯爱唯美",去创造一种"纯蓝的艺术"。

其诗语言简洁质朴,有的诗还夹杂着白话,读来平白如话,诗人好像在喃喃自语,又似乎在平静地讲述着日常的故事,却常在某个不经意的瞬间,奇峰突起,让人眼前一亮,挑起人的神经,令人惊!叹!叫绝!

白话(粤语)入诗,是一种大胆的尝试。细数中国文学脉络,从《诗经》《楚辞》到诗词曲赋,从四言到五言七言,及至现代白话诗,文学作品的语言越来越生活化、通俗化,文学,不再是少数人的阳春白雪,尤其是五四新文化运动以后,普罗大众也能读诗写诗。杨长征的诗,有不少粤语,读来通俗晓畅,既能将情感表现得恰到好处,又不至于粗俗鄙陋。如《饼》,"我从澳门万豪轩吃饭现场/打包番来一个月饼/已切四块/但冇人郁过/另三个/现场尝佐/甜香润/就想到你/借口喜甜食/名正言顺打包/一路过关/这是一块过佐四关嘅饼/边检两次/海关两次/经过两种制度嘅熏陶/硕果仅存"。读来自然通俗,又充满了珠澳地方特色。一块饼,从澳门来到珠海,过了四关,实属不易,两种制度,两片天地,但珠海与澳门的地理关系和文化渊源,使得这块饼得以过关幸存。这块饼,揭示了珠澳之间千丝万缕的文化关联,这其中的关联,就包含有珠澳人对美食的共同标准,和语言的相同。这首诗,用白话来写,恰到好处地表达了诗人对珠澳两地的文化思考。

杨老师是文化工作者,他的诗歌大多从文化的视角,对人生百态、自然风物、人文景观、历史人物等进行独到的解读与剖析。他的笔下,一块石头,一颗红豆,一抹微笑,一道斜阳……似乎都浸染了浓厚的文化色彩。自然,既有"天海石桥静,南岸晓风轻"的淇澳春景,也有《南极风》里多彩的澳洲风光。记人，既有像"从来举世皆贫困，铁血黄花万古稀"的徐宗汉，如"万里烟波博富贵，十年打滚腋成裘"的蔡昌等历史名人，也有似《弹簧》里因残疾而艰难生活的小人物。抒情，既有"万千岁月情犹在，白首还献千秋谋"的博大胸怀，也有"银丝隐隐波澜尽，唯教儿孙学作诗"的黯然感伤。言志，既有"飒飒风乍起，心中正凛然"的豪情壮志，也有《一家人》中身为人夫、人父的小小期盼。他的诗歌，给读者描绘了一幅幅多彩的生活画卷，或温情脉脉，或激流跌宕，或平淡素雅，或浓墨重彩，同时，也向我们展现了一个个性鲜活、充满真趣的诗人形象。

正是由于诗人对文化事业的关注，并将其对文化事业的满腔热情倾注在字里行间，因此，杨诗中所塑造的意象更突出了文化的意味，文化的趣味，文化的追寻，乃至文化的哲思。《南极风》，充满澳洲风情，细数异域风物，"悉尼歌剧院""墨尔本图书馆""大堡礁"，通过一位来自中国珠海的旅行者的勾勒，因其充满了文化追寻的意味和直抵心灵深处的哲思，而愈加光彩动人。"红豆"这一意象自古就寄托着相思，因王维一句"愿君多采撷，此物最相思"而广为人知，杨长征却道出了"要使它圆/需用爱打磨"的奥秘，思之巧，情之切，语之妙，如五月里拨动的旧琴弦，触动读者的心。"蒙娜丽莎的微笑"，有人说是达·芬奇自己，还有人编了一些隐秘的故事，来解读这"神秘的微笑"，杨老师却道出，"蒙娜丽莎的微笑/个个都话神秘/其实/好简单/她正对着画布/心里装着达·芬奇"，妙哉！

《鲍俊与咖啡》，光是诗题就很吸引人。"鲍俊"与"咖啡"，二者不得不引起人的联想。鲍俊（1797—1851），自号石溪生，香山县山场乡人（今珠海市香洲区山场村），清道光年间香山文化名人，工诗词、书画，尤谙书法。"鲍俊，道光年间的符号"，也是文化经典的代表。他二十几岁即中进士，官至六品，更得道光皇帝御批"书法冠场"之盛誉。当年，这位"岭南大才子"是何等风光！香山文化是何等风光！然而，时空流转，仅一百多年，一切皆成过往。在诗人的笔下"鲍俊故居砖瓦无存"，当年文人骚客于亦兰亭舞文弄墨、曲水流觞的盛况也不再，只剩断壁残垣"掩于灌木丛残喘苟延"，读之，是无尽的悲凉与沧桑。咖啡，晚清时期随西方传教士进入中国。诗人于诗歌最后两行，描述香山之变化，"还是这片土地，开了间咖啡店"。与"鲍俊"相对，咖啡代表的则是工业化、全球化、商业化的现代文明。

时代在进步，文化在改变，诗人以"蒙太奇"手法，将"鲍俊"与"咖啡"组合在一起，两个意象超越时空，相互冲撞，极具艺术张力，匠心可见矣！一百多年间，香山这片土地已发生了翻天覆地的变化，城市的快速发展已然削弱了传统文化的力量。城市的发展占用了大量土地，"鲍俊故居已砖瓦无存"，如苏曼殊故居、容闳故居等，在寸土寸金的土地上，在高楼掩映下尚存一席之地，已十分难得。面对此，诗人喟然长叹，发出"鲍俊的作品已换不了一平米空地"的感慨。

诗人用平白如话的语言，讲述历史的变迁，时代的更迭。用独具匠心的艺术表现手法，提出了一个值得我们思考的命题——现代文明与经典传统文化之关系。诗人高瞻远瞩，所思考的是现代文明与经典文化、经济发展与文物保护、物质文明与精神文明之间的错综复杂的关系。如何共存？如何共荣？经典如何传承？如何在城市化的边缘和夹缝中求生？我想，这是每一个现代人都值得去研究的课题。

诗人所关注的，始终是人与人之间共通的情感体验，是直抵人心深处的真实感受，是基于历史与个人体验相结合的文化思考。如此，异国、异域、异地，纵使身在天涯，也能知音"共举觞"。如此，红豆、红叶、红竹，即使语言不通，也能感悟人类"走向文明"的动力。我相信，"唯真文化，唯美，才有永恒的魅力"。

悠悠唐崖

悠悠唐崖,在千回百转间,传唱祖先的伟绩,留白历史的遥想。过去终将远行,未来还在未来,逝去的不只是时间,还有荣光和苍生,但磨不去的,是先人的精神与天地的畅想。

悠悠唐崖

玄武山下,唐崖河畔。篱笆,竹林,青石路;断壁,残垣,古神木。古老的村寨里,一抹雄浑和苍凉犹存。

城外的唐崖河自东向西倒流而去,千百年来,人们不厌其烦地讴歌她的特立独行,而唐崖人,更加喜爱她从容悠然的步态。在青山之间蜿蜒流转,不知经了几个轮回,从太初流向未来,流成一段历史的荣光,走成一座人文的丰碑。

2015年7月,唐崖土司城址申请世界文化遗产成功,震惊海内外。无数专家、学者多年的心血终于得到认可,

唐崖土司城址

被长埋于地下的古城遗址终于重见天日。申遗成功后，一截长17米、直径1.5米、重量达20吨的水红阴沉木从唐崖河底浮出水面，人们欢呼雀跃。这似乎是祖先的感召，或是某种神秘力量的巧合。

唐崖土司城里的石人、石马

城址发掘后，世界各地的考古学家、历史学家、游客慕名前来，络绎不绝，落寞小镇重焕生机，五百年前的热闹喧哗再次上演。而就在几年前，这片土地上仍生活着一百多号土家人。乡民们在田里种水稻，在土地里种玉米，种黄豆，种茶树，每天赶着牲畜走过巷道……却不知这片土地下埋藏着怎样的骇世惊俗和奇珍异宝。或许，哪家院子里长满青苔的石块就是古砖，哪家后院里的破碗破罐就是明代的古董，哪家的磨刀石就是一件珍贵无比的文物。可是，没有谁关心这些，他们只关心房子盖得牢不牢固，屋顶漏不漏水，地里的庄稼收成如何，哪里可以拾到更多的石头来盖猪圈，或者铺路，磨刀。

城东北的一阙断墙边，有一座祭祀三国名将张飞的张王庙。山，依旧是那座山，亭，已重新刷上漆，虽是新建，却因人为地做旧多了一份沧桑古朴。任日月如梭，风云变幻，两匹古石马依旧守候在唐崖河畔，屹立不倒，忠贞不渝。两匹石马和士卒皆用整块巨石雕琢而成，石马和石像神态自若，威武庄严。前些年，张王庙由一位老人看守，一扇破旧的木门，象征性地挂着一把铜锁，时常有人越墙而入。有人骑到石马背上拍照，对着镜头炫耀得意的笑容；有人把一樽石像的眼睛涂黑，而其中一名士卒的头早已不知去向，让人忍不住猜度他的表情是欣喜还是庄严。位于城址西北部的土司墓也早已被盗墓者洗劫一空。当年，我还是小孩子，亲眼看着伙伴们钻进古墓里捉迷藏，我也钻到门口，看过墓顶上精雕细琢的花纹，当时只将其当作游戏的场所，却不知这几块石壁和墓里的主人，已存在这里有四百多年光阴。

在遗址的东西轴线上，矗立着一座古牌坊。石门有泪，饱经风霜的牌坊见证了沧海桑田，也历经了一些繁荣威武或羞愧难当的历史。房屋、宫殿、马匹、战戟，还有城里的人，都消逝在时间的河流里，唯有这座牌坊，经受风霜浩劫仍岿然不动，如一位老者，似乎在向每一个走到他身边的人，呼喊出低沉的声音，牵扯出隐秘的情愫。他说，坐下来，静听一段唐崖往事。

明朝天启元年，唐崖第十二代土司覃鼎奉命带兵平定叛乱，立下赫赫战功,明朝廷修建牌坊以彰其功勋,明熹宗皇帝御题"荆南雄镇,楚蜀屏翰",刻于牌坊。牌坊上方的石刻,生动地展现了一幕幕土司出征图,浩浩荡荡,威武雄壮。土司出征期间,土司夫人田氏管理地方大小事务,精明强干,赢得人心。至此,唐崖土司荣耀无限,繁荣兴旺,其统治达到鼎盛。如今,我站在这片厚重的土地上,在裸露的断墙上添砖加瓦,在专家们绘制的复原图里遥想膜拜。

唐崖土司城遗址内的古牌坊

我悠然走在"七十二步朝天马"的石级上,满目青葱,绿荫蔽日,山风徐来,舒爽怡人。放眼望去,山脚的唐崖河正平静地向西而去。悠悠唐崖,在千回百转间,传唱祖先的伟绩,留白历史的遥想。过去终将远行,未来还在未来,逝去的不只是时间,还有荣光和苍生,但磨不去的,是先人的精神与天地的畅想。

故乡的井

我的故乡在鄂西的一个小山村里,她就像一口清泉,隐蔽在大山深处,如泉水般清澈、宁静、安详。我已离乡多年,最让我怀念的,是村子里的那口井。

这口井建在山脚下,山上的生灵吸取了天地的精华,汇聚在这口小小的井里,五六户人家聚井而居。井不大,有两尺多宽,三尺多长,是用整块的方形石板砌成的,井口上方用一块长方形的石板遮盖,以遮挡尘土和蚊虫。

井水十分清澈,可以清楚地看到井底的青苔和小石子。除了极其干旱的秋收季节,其他时候,井水总是满满的,不论打了多少桶水,过不了多久,它又是满满的了,却不溢出井口。

在炎热的夏日,这口井便成了乡亲们的"冰箱"。坐在树荫下,喝一口井水,又清又甜,马上驱走了夏日的酷热。谁家有西瓜,就把西瓜泡在井水里,只需等上一个钟头,西瓜就变得清凉爽口。有时,有乡亲从井边经过,都要驻足喝几口井水,吃几颗桃李,唠一唠家常。

在干旱的秋忙时节，有一个月左右的时间，井水会供不应求。儿时的我最乐意做的一件事，就是蹲在井边，看着井底那碗口大小的石坑里的水慢慢积少成多，然后用一个绑着长竹竿的水瓢一点一点地将水舀出来，把每家每户的水桶都装满。干这种活需要耐心，听着蝉鸣，吃着果子，摆弄摆弄花草，再舀舀井水，大半天日子很快就过去了。

到了冬天，水池里、山涧中的水都结冰了，这井水却依然灵动，还散发出阵阵水雾，如温泉一般。井水温温的，可以直接用来洗脸、洗菜。

如今，每家每户都用上了自来水，井水渐渐变得浑浊了。村里的年轻人都到城市生活了，许多老人也离开故乡，或到城里，或到另一个世界去了，这井常年无人打理，甚至于慢慢枯竭了。

前年回乡，看着这干枯的井，我却越发怀念十多年前的那段时光了。

故乡的秋

沿海的秋天来得这样迟，空气中的水汽好像都被抽干了，似乎连呼吸都变得如此困难。

记得故乡的秋天是那样清凉。路旁的梧桐树遮挡住小径，形成一条看不见尽头的绿荫。秋风乍起的时候，漫天都是金黄的梧桐叶，或飞舞着火红的枫叶，路旁的香樟树依然青翠，伴着绿色的树叶掉下许多黑色的果子，打在地上、头颈上，敲击出叮叮咚咚的鼓声。这才是秋的声音呢。

还记得桂子山的那条小径，每逢秋天，整个园子里都充盈着淡淡的桂花香。图书馆门前的那排白玉兰，早已吐出了淡黄色的花蕊，伸展开肥大的花瓣，似白玉盘包裹着琼浆，散发出一缕缕清香。这才是秋的味道呢。

清晨，伴着学子们赶往教室咚咚的步伐，树林深处传来琅琅的读书声，一阵阵婉转的笛声，还有鸟鸣声……傍晚，满园的菊花盛开了，大如盘，小如碟，红的热烈，白的淡雅，还有黄的、紫的、玫红的……菊花丛中，是一股股喷泉涌出，奏响秋天的赞歌。这才是秋的颜色呢。

回忆儿时,每到深秋,果园里的橘子就红了。我跟着祖父一个一个摘下果子,放进竹筐里。祖母则从山上捡来松针,晒干了,将橘子一个一个藏进松针堆里,这样可以储藏到第二年夏天。我总是追着祖父问:"明年还有好吃的橘子吗?"祖父笑笑,摸摸我的头:"有,明年的橘子会更甜。"最让我高兴的事,莫过于制作"小橘灯"了。吃掉桔肉,留下果皮,穿上棉线,点上蜡烛,提着这暖暖的灯,心也跟着暖起来。这便是儿时最有趣的事儿了。

教课时,总有学生傻乎乎地问我:"老师,秋天来了,怎么树上的叶子还不落呢?"我望着窗外,不禁感叹:"是啊,秋天来了。"

岭南的秋,因了自然的恩赐,那满树的叶子在秋风中更显生机,在阳光的照耀下熠熠发光,毫不谦逊地昭示着生命的璀璨。岭南的秋,依旧闷热,那转瞬即逝的凉爽,显得如此珍贵,亦不便勾起人的伤心来了。

此时,故乡秋意正浓。那漫天的黄叶是否又该跳起畅快的舞来了?那争奇斗艳的菊花是否又该舒展腰肢了?那满树的桂花是否已飘落,还是依然挂在枝头?那啾啾的虫鸣,那满天的星星,那打谷场上的吆喝……一切都那么遥远,静谧。

我的遥远的故乡啊,你的秋天到来了吗?

泥土的味道

工作中最令我头疼的就是教孩子们写乡村题材的作文。他们只能凭着想象，靠几张图片、几帧电视上的画面来认识乡村，写出来的作文千篇一律。没有真切的体会，又奢谈个性。这也不能怪他们——这群城里的孩子——从小接触的就是肯德基、游乐场、电脑和电视，远离了乡村，远离了泥土。最接近泥土的时候便是"农家乐"了，或者有机会玩玩泥土，就会被大人训斥："太脏了！"

毕业后，我在这个沿海城市安定下来。闲暇时，在阳台弄个小盆，种些花花草草，那些脆弱的生命在钢筋水泥的掩映下，终于接二连三地枯萎了。这时，我便怀念起儿时种植的那些花花草草，怀念起故乡的泥土的味道来。

我一直认为，我骨子里的浪漫和质朴，都是故乡的泥土赋予我的。

乡村的泥土，蕴藏着无穷的生机。只要把种子往土里一撒，用不了多少时日，便会开出花，结出果来。凤仙花、太阳花、月季、牡丹……还有些叫不出名字的花,数都数不过来。还记得,父亲给我两棵草莓苗,我随便往沙土里一栽,过不了几个月,就结出了一串串又大又红的草莓。看到这鲜红的果子,我的心快飞出来了。自食其力的快乐,是如今的孩子很难体会到的了。

儿时吃的食物真可谓无公害绿色食品了,可随用随取。从鸡窝里捡来的鸡蛋还是热乎乎的,再到地里掐一把韭菜,扯一把葱,便可吃上一道美味。印象最深的,便是故乡的那口老井。井水冬暖夏凉,夏天,是天然的冰箱,到了冬天,则是天然的温泉。喝进嘴里,甘甜无比。

儿时最有趣的游戏便是玩泥巴了。我和小伙伴们挖来黏性极好的白泥,这便是我们的"橡皮泥"了。捏个小人儿,捏个小猫小狗,然后晒干,那就是我们最初的艺术作品了。

如今,买来蔬菜要用盐水好好泡,水果不敢带皮吃……最近,全国各大城市都被雾霾所笼罩,家里不敢开窗,学校不敢做户外活动,出门戴口罩,就连我养的那盆小草都被灰尘侵犯了。我已远离了泥土的芬芳了。原来,最接近泥土的地方,反而最洁净。

去年,我还能听到我家附近的地里有蛙鸣鸟叫,每天可以看看田野里的杂草,欣赏夕阳西斜的美景,但随着新的楼房盖起来,取而代之的是机器的嘈杂声,以及由朱红的房顶勾勒出的一片小小的天空。

如今,我越发怀念家乡那泥土的芬芳了。

花香的记忆

只一夜，空气里满是馥郁的香气。每一次呼吸，都盈满着这香味。用花香，去丈量岁月的长度。十月的丹桂，是生命里永不褪去的印记。

天气变得凉凉的，在这梧桐叶片片飘落的季节，空气里又弥漫了浓浓的桂花香。走在宁静的小道上，那花香沁人心脾，时而淡雅，时而浓郁，一丝一丝地弥漫开来，延伸到记忆深处。

清晰地记得，那是在一个美丽的地方，那是身处一段做着梦的光阴里。一个孤单的女孩，有着短短的头发，穿着白色的球鞋，满眼单纯，脸上略带忧郁，喜欢独自坐在夕阳中的银杏树下，不说话，不思考，只是那样静静地坐着。那个傻傻的女孩，就是我。那是一个如梦般的年龄，一段如梦般的记忆，就这样尘封了十几年。如今，被这熟悉的香味一撩拨，像山中的潺潺流水，冲破了记忆的闸门，缓缓地流出来，温馨而久远，显得弥足珍贵。据科学家研究，味道是最容易唤起记忆的，看来确实如此。

我的初中学校在一个美丽的小镇，三面环水，一面靠山。除了那潺潺的流水、青青的草地、远远的群山之外，母校留给我印象最深的，就是校园里那棵高大的桂花树和那棵百年银杏。这两棵树烙印在青春的记忆里，形成了一个特定的形象。

也是在这样凉凉的天气里，也是在这样浓浓的桂花香里，也是带着这样一份宁静的我，喜欢仰面躺在青青的草地上，和伙伴们一起，仰首看那蓝蓝的天，侧耳听那秋虫的啾啾，细数草地上紫色的小花。或者围坐成一个圈，叽叽喳喳地谈着自己的幻想，想象着几十年后的我们，都变成了皮肤皱皱的老太婆。或者在放学后的傍晚，坐在围墙上吹口琴，一遍又一遍，也不会感到厌烦。那时的我们，吃着几毛钱的零食也能开怀大笑，一只纸飞机也会让我们争吵不休。可是过了这么些年，那时的朋友们都在辽远的、辽远的天涯海角，彼此也没有再见面。也许，当他们闻到这样的花香的时候，也会想起那个美丽的地方，也会想起我。

十月的天气，坐在教室上课，我总会被窗外飘来的缕缕清香所吸引，然后情不自禁地看看窗外那棵桂花树。这是一棵很古老的树了，因为我的妈妈，甚至我的奶奶在这里上学的时候，它就已经在这里了。树很高，即使我在四楼，也能看到它葱葱郁郁的树顶。树的叶子很茂盛，树叶一片紧贴一片，密得不见光，也绿得亮眼。那淡黄色的米粒般的桂花，就这样优雅地铺散在这一丛绿中，一点点，一簇簇，散发出阵阵清香。

记得一个雨天的清晨，空气湿漉漉的，树下黑灰的石板上，飘落了一地残花，还有一些，顺着沟里的雨水漂流而去。这样的场景竟使我感动了，我便坐在吊脚楼下，欣赏这宁静而流动的画面。

夏日的桂花树下，则成了我们课间休息的好地方。烈日炎炎，树下却是一片清凉，不仅是那宽敞的浓荫，更是那绿得欲滴的苍翠，增添了清凉的分量。坐在树下的青石上，点点阳光从叶间漏下，晃悠着，跳跃着，便是那夏日里最灵动的魅影。那已是少年时无忧无虑的记忆了，如今，我们都忙于关于未来的筹划中，忙于琐碎的生活中，已很少有时间去体验这样的清闲和宁静了，甚至连怀念的时间都没有。

位于民族中学内的土家族早期建筑

今夜，我是否可学着诗人余光中那样，独立桂子山头，问一问那轮青天明月，问一问飘落肩头的那一朵朵桂花，像浪漫的诗人一样，感受"李白还未及给我暗示，桂瓣纷纷，已落我一头"

的苍茫空灵。那浓浓的花香径直涌进我的鼻孔、气管、心肺,渗透我的全身,最终竟让我怀念起来了。不知是那香味传输到我的脑中引起了反应,还是匆忙的生活给了我一个怀念的机会。总之,我很感谢这满园的桂花香。走过那条并不长的小道,香味渐散,倒像是味觉带我丈量了一回青春的长度。

雏　菊

　　日已进秋，绵绵的秋雨下个没完没了。又是周末，沸腾的校园像被抽掉柴火的一锅粥沉寂下来。

　　我独自一人从图书馆出来，路上湿淋淋的。我不喜欢秋天的雨，因为它总是这么淅沥、冰冷，像一个忧伤的妇人，没有春雨的润物细无声，也没有夏雨的酣畅。回到宿舍，我没有开灯。室内光线很暗，寒风从窗子吹进来，褪了色的窗帘在风里飘摇不定。我并没有关窗，在凳子上坐了下来，环顾四周，一股难以言表的空虚填满了我的内心。

　　我走到窗边欣赏风景，企图赶走这莫名的慌乱的东西。我望向窗外，这时，雨已经停了，一片灰黄的天空下立着一栋破旧的房子，像历经沧桑的老人独立在寒风中。一排梧桐树在风中飘摇，枯黄的叶子被风吹得漫天飞扬，在寒冷的汹涌的空气中徘徊着、旋转着、呼喊着，像一群找不到归途的孩子。我的心平静了，那种莫名的东西却更加充盈了。

　　我一刻也不能停留，如果再待一会儿就会陷入无底的泥潭中。我失魂落魄闯进风雨中,像幽灵般飘出了校园。

我来到街心,却不知道要走向何方。我止住了脚步,耳边只有嘈杂的人声与车声。在这车水马龙的街道上,我想,也许此刻只有我是最悠闲的吧,抑或,只有我是最孤独、最自由、最恍惚的了。

我颓然地坐在街边的凳子上,苦思冥想着什么,却不知自己究竟在想什么。我沉重地低下了头,一抹淡黄跃进我的视野。

哦,是一朵小小的雏菊!

我很惊讶,街道两旁都是水泥地,它怎么会在这里的呢?我仔细查看了一下,才发现它是从凳子脚下的缝隙中长出来的。这朵小花并不耀眼,娇小柔弱,就那样蜷缩在铁椅下,十分羞愧的样子。但它并不知道,它给这萧瑟的秋天增加了一点亮色。它柔弱的身躯挨着冰冷的铁椅,几片娇小的叶子鲜嫩得很,纤细的茎在寒风中摇曳不止,仿佛承受不住这朵小花的重量,举着那朵花在秋风中瑟瑟发抖。刚下过雨,花瓣上带着几滴雨珠,晶莹透亮,伴着那淡黄的花瓣,十分惹人怜爱。

我突然被什么东西触动了。看着它瘦弱的身躯在寒冷的秋风中摇摆不定,却始终不肯倒下。水泥封锁不了它,铁凳冰冻不了它,风雨摧毁不了它,我看到了柔弱之中的不屈和坚韧。

它无法选择出生的环境,它没有生长在土壤肥沃的花坛里,也没有生长在广阔的原野上,更没有在某位爱心女士的阳台上被精心呵护。风把种子带到这里,它就只能在这里生根。它也无法选择自己生长的季节,既没有春风的抚慰,也没有夏日的温暖,这个季节给它的,只有萧瑟的秋风和冰冷的秋雨。

艰苦的环境使得它显得如此柔弱,没有大树的苍翠,也没有牡丹的繁华,甚至没有野草的狂放。哦,它是如此柔弱,柔弱得让人不忍对它有一点点伤害。是的,它是柔弱的,可是,它又是坚强的。只要有一点点土壤,它就能生根、发芽,还要开花,即使再渺小,也要让自己的人生出彩一回。

即使含着泪,也要微笑。

在这萧瑟而热闹的街旁,它就是最美的。

别唐崖

这是你吗？唐崖！

这条活泼清纯的河流，我曾对她抱有种种幻想，一个醒着的梦，如此美妙。

唐崖，我是一直在心里这样叫你的，一个充满母性和温情的名字。

河水自由无羁地滑行，两岸是苍翠的群山，青青的草地，蜿蜒的溪流绵绵无绝，在高高低低的山丘间忽隐忽现。她并不神秘，她充满美妙。

河岸有一棵樱桃树，上面结满了青青的果子，因了山风的吹抚，因了山雨的哺养，它们慢慢长大、成熟、红透。而我，不知是否有幸找到最甜的一颗？

今天，我就要登程，踏上我迷茫的征途，匆匆的离别，让我的心情毫无血色。唐崖，我就要离你而去了！

忘不了的，是你清纯活泼的流水，你带着阳光味道的歌声，你永不停息的脚步。

你的清泉，能否为我的心灵洗尽忧伤？你的歌声，能否为我而低低吟唱？你匆匆的脚步，能否为我停留片刻？

多想啊，再一次踏着你的浪花漫步在阳光里，让我不再为黑夜而忧伤。再一次聆听你欢快无比的歌声，让我不再为风的怒号而恐慌。再一次倾听你急促的脚步，让我不再为逝去的时光哭泣。

多想啊，多想啊！

多想携上这汪活泼饱满的清水，去追寻永恒的阳光。但我却不忍心她在我的旅途中，受那狂风的肆虐，受那污水的轻慢。

我总是很小心，生怕她会从我的身旁悄悄流过，不闻又不问。在我的心里，存一丝抹不去的眷念，如此留恋，化作依依不舍的真情。

她不就是一条普通的河流吗？几座山，几片草，为何让我如此深恋？我找不到答案，只知道我就要离她而去了，我的心就隐隐地忧伤。

这样的地方，我追寻，这样的魂灵，我景仰。

虽然她并不愿容纳一丝忧郁，但并未因此而失去她天生的魅力。是一缕柔弱的思绪，一道温暖的阳光幸存，萦绕着我，吸引着我。她是那一处纯洁感情的安身之所，一弯温馨的港湾，她那青春常在的绿水，一路上总是那么欢腾跳跃。

唐崖的洼地诚然碧绿，唐崖的河水也常青常绿。她于我，是一痕永久的思念哦。但是，告别啊，告别了！从此，我不再去寻找，寻找那没有灵魂的躯壳，倘若在我心里有唐崖，有这样一个地方，我不也就心满意足？

别了，别了！我的唐崖。

不论我在何处漫游，总忘不了那条河流的一颦一笑。不论我将奔向何方，你真正的幻影，唐崖，将与我一起，使快乐升华，宽慰我的悲哀和寂寞。

如果烦恼伴随霜雪降临，不管有风雨雷电，有狂风暴雨，我将有一个寻求宽慰的圣洁之地，那就是我心灵深处的唐崖之乡！

又见唐崖

近了,近了!

又见唐崖!又见唐崖!

唐崖。我是一直在心里这样叫她的,虽然她只是一条普通的河流,但她却天生带着人的性灵和一种与众不同的气质。啊,这故乡的长流之水,多少次出现在我的梦中,赐予我久违的温柔。唐崖,这个充满母性的名字,时常在我的心里回荡,荡起我童年的回忆,荡起我思乡的愁情。

她是一条充满自信的河流,因为自信,所以她有着不同寻常的足迹。当所有的河流都向东汇入长江,涌向大海的时候,她却转身向西流去。她要寻梦,她要创造,在坚持中不断剖析自我、历练自我,让自己超越地理而成为一种人文的风景。同时,她也赢得了"倒流三千八"的美誉。

唐崖,这是一条追求极限的河流,为了自己最初的梦想奋然前进,给流浪的人带来最真诚的鼓励和最温馨的慰藉。

当漂泊的人归来，内心已疲乏不堪，你总是流淌出一股温热的乳汁，灌注到我干涸的身躯。无论我身在何方，我总想把她当作我的圣洁之乡，当作我一生情愫的安身之所。

乡 雪

入冬后,下了今年的第一场雪,好大的一场雪。

观 雪

一抬头,只见漫天飘舞的雪花,这些来自天宫的洁白精灵争先恐后地迎面向我扑来。

远处的山峰已经被白雪覆盖,宛若一条洁白飘逸的丝带绵延在天边。树枝上、房顶上全是雪,好一派冰清玉洁的景象。一夜之间,世界变得如此纯洁,变得这般一尘不染。我想,或许这才是世界的原色吧。

踏 雪

我穿上皮靴信步来到大街上,踏上被白雪覆盖的小道,脚下"咯吱咯吱"地响起来。大大小小的车辆戴着一顶白帽穿梭于马路上，来来往往的行人匆匆赶路。我却是闲庭信步，回头看时，雪地上留下一串深深浅浅的脚印。

记起小时候，牵着爸爸的手走在雪地上，回头看时，两串脚印从我们脚下向雪地远处延伸去。

生活如踏雪，无数次跌倒，无数次爬起来继续前行。人在途中，多少次的跌倒并不可怕，爬起来，只要向前走就好。

我继续向前走去，"咯吱咯吱"的声音和着脚印谱成一串音符，在这白茫茫的天地间，留下属于我的印记。

思　雪

我就要离家到千里之外的地方了，在那里是很难见到雪的。离家的冬天，我时常跑到阳台上，希望能见到雪花的影子，但每次都让我等得失去了耐心。人在他乡，总是怀念家乡的雪景——上上下下、远远近近都是雪——那无数的洁白精灵惹得我满眼晶莹、满心欢喜。

每次听母亲在电话里说家里又下雪了，我的脑海中就会浮现出一个冰雪晶莹的世界。听母亲说雪，于我来说也是一种莫大的享受，那纯白无瑕的雪景，总会使我烦躁的心绪顿时变得清净、明亮。

鹅毛般的雪花仍源源不断地从天空飘落下来，我站在雪地上，伸出手去接住这些精灵，片片雪花融化在掌心，仿佛融进了我的血肉里。

小石书记

打开地图，定位到湖北鄂西与湘渝交界处，在苍苍茫茫的森林深处，在一个叫作彭家沟的土家族小村落里，有一座名叫石家坡的半山腰上，安睡着我的外祖父——一个干了一辈子村支书的老共产党员。和全中国千千万万村支书一样，外祖父的一生没有轰轰烈烈的大事迹，却在这片深厚的土地上留下了他坚实的脚印。外祖父正直无私，处事公正，远近邻里都听他劝解，大小事务也都愿意请他去主持公道，大家都亲切地称他为"小石书记"。

外祖父出生于1939年，十七岁加入中国共产党，任公社生产队书记。外祖父没上过学，做起书记工作来却是一丝不苟。他勤奋聪慧，在党员干部培训班和日常学习中，认识了很多字，也学会了写工作笔记。一个红色塑料封皮笔记本，一支钢笔，一个搪瓷缸子，一双解放鞋，陪伴了外祖父的平凡岁月。

外祖父常年在外，无暇照顾家庭，外祖母一人干活，操持家务，养大了五个孩子。外祖母年轻力壮，在生产队是干活的一把好手，可是，家里孩子多，还有老人要赡养，外祖母吃尽了苦头,却从不抱怨。有了家人的支持,外祖父的大队书记工作做得更加踏实了。

听母亲说,村里的汪婶一家有九个孩子,连吃食都成问题,日子过得很艰难。平日,汪婶给孩子们煮好了红薯粥,就找借口出门去拾柴火,等孩子们吃完饭才回来。原来,她是太饿了,到野地里去寻野菜果腹。外祖父知道了,常常接济汪婶家,给他们一家送去粮食,要知道,我的母亲和舅舅姨妈也是经常饿肚子的。

快过年了,生产队里要杀猪,乡民平素里能吃上白米饭都算奢侈,更别提吃肉了,因此,每年底杀猪的时候,人们都异常振奋。杀了猪,外祖父家分得了肉,只拿出一点来熬一顿瘦肉粥,说是瘦肉粥,几乎是只见米不见肉的。剩下的肉熬成猪油,把油渣放到瓦罐里,全都留给母亲的爷爷吃。每日早上,母亲的爷爷用茶叶煮了油茶汤,放三四颗猪油渣下去,闻起来实在是太香了,大家可馋了,可是一众孩子谁都不去看,也不要。外祖父常常教导他的孩子:要孝敬老人,要守规矩,要知恩图报。

母亲家庭虽贫穷,但家风严谨。第一要孝敬长辈,兄弟姐妹相亲相爱,互相扶持。第二要正直,为人处世慷慨正义,不害人,不奸巧。外祖父常召集一家老小召开家庭会议,开展批评与自我批评,就像开党员会议一样。母亲说,每次家庭会议,从外祖母开始,开展批评工作。外祖父常说外祖母,处事要公正,对每个孩子要一视同仁,芸儿(我的母亲)虽然是大姐,但她身体赢弱,应多照顾她,吃食、劳动上要多体恤。说完了外祖母,然后依次到我的母亲、二姨、舅舅、三姨，连年幼的小姨也要参加。

　　彭家沟村极为偏僻，山石多，耕地少，且多为红土，土壤黏性较大，这种地粮食产量不高。几年时间里，外祖父带着村民在大块大块的花岗岩间开荒，一条条，一片片，在山石之间，乡民们把粮食种下去，也种下了全村人的希望。望着白花花的石头之间长出了绿油油的红薯苗、玉米苗、洋芋苗，点缀在陡峭的红土地上，外祖父知足地笑了。

　　乡民能吃饱饭了，孩子们也去上学了，日子一天比一天好起来。外祖父做了村委书记，仍忙里忙外，顾不上家。谁家牛不见啦，两口子打架啦，屋顶瓦片漏雨啦，大风把地里的苞谷苗刮倒啦，水井干涸啦……都来找小石书记。

　　1989年，村里的第一条路开通了。在此之前，村民要外出上集镇、上县城，须跋山涉水，翻过一座座石山，走过一道道独木桥，穿越一片片密林。闭塞的交通，给村民带来极大的不便，也阻碍着村子的发展。外祖父带领全村人，用锄头挖，用担子挑，大家硬是靠着愚公移山的精神，建成了村里的第一条机耕路。

　　外祖父常说，他家世代贫农，过去还常常吃不饱饭，现在好了，粮食不成问题，路也通了，娃娃们也上学了，是共产党给了他希望，给大家带来好日子，要感谢党，感谢毛主席。

　　2009年冬，外祖父患了口腔癌，病痛中，他仍不忘村头陈大伯家的腊肉被偷的事，差我的舅舅一定要帮忙寻回来。他走的前一天，拉着我的手，说：要听话，听组织的话，参加工作了，要认真负责，对得起国家，对得起党。

下葬那天，全村人都来了，每个人手里拿着一块石头，把外祖父墓前的斜坡填平了。我也拿着一块山石，郑重地摆放到他的墓前。环顾四野，这里清幽僻静，苍松环绕，背靠天然的石山，面向奔腾不息的唐崖河，就像预先设计好了一般。母亲说，这就是福气。

第二年夏天，我只身南下，来到珠海，投身于特区教育事业。岭南湿热，远离家乡，孤单的我也曾迷茫无助。我被分到一所边陲小学，校舍简陋，交通不便，条件艰苦，宿舍还时常有蟑螂、老鼠出入。此刻的我，犹如一只粗心的蝴蝶，无心闯入屋内，却找不到出路，跌跌撞撞，徘徊不前。忆及唐崖，回忆为我打开了一扇明亮的窗，外祖父的殷殷嘱托犹在耳畔，我看到了老一辈共产党员身上的不屈与坚韧。珠海千千万万先驱者开疆拓土、艰苦奋斗，才创造了如今美好的局面，"小石书记"的身影，一直指引着我冲出迷雾，坚定向前。

在路上

"雄赳赳，气昂昂，跨过鸭绿江，保和平，卫祖国，就是保家乡……"儿时的我，就在这雄壮的歌声中成长。我的祖父是一名抗美援朝志愿军战士，我从他那儿听说了许多关于战争年代的故事，我那小小的心，早已被这些遥远而奇妙的故事塞得满满当当。

我的家乡坐落在大山深处的一个小村落里，虽然村落僻陋，却是一个风景秀丽、民风淳朴的地方。在那个遥远的时代，因为曾祖父家里有几块地，家境富裕，祖父在私塾里读了几年书，后来便从军去了。在我儿时的记忆里，祖父总是悠闲地挥笔弄墨，刻石雕木，木箱子里是祖父的宝贝，有各种纪念章、子弹壳、地雷壳，书架上则摆满了各种各样的书籍。哥哥总是被那些纪念章所吸引，而我，却沉浸在一片茫茫的书海中。除了小说、诗词之类的书籍，还有数不清的白底红字封面的书籍深深地印在了我的脑海里，《共产党宣言》《资本论》……虽然小小年纪的我无法懂得这些书里的内容，但墙壁上那幅印着机场里的毛主席的画像，却成为我儿时的一道印记,从那个已经斑驳的军绿色木箱上,从那一排排白底红字封面的书籍里,儿时的我似乎已觉察到历史的沧桑与深蕴。

直到后来上了学,我才真正了解那段历史。从小学到中学,再到大学,儿时的印记离我越来越远。外出求学,工作,定居,我发现我是离我的家乡越来越远了。在我离开家乡远游十几年后,我终于带着满身尘埃回到家乡,回到了我儿时生活过的地方。走进乡下的这间屋子,房间里的一切都没有改变,窗前的那棵桂花树越发的茂盛了。吃过晚饭,我和祖父一起坐在院子里,就像小时候那样。"当老师,要负责,要对得起家长和孩子。"祖父在我耳边念叨着,我只顾着点头。而当我抬头看他时,才发现祖父真的老了,他已不大能听清我在说什么,牙齿都脱落了,眼睛也已浑浊,但眼神还和从前一样,是那么深邃、慈祥。此时,傍晚的阳光透过他那满头银丝,在我的泪光中不断地闪烁着,跳跃着。

然而,就在那年的隆冬季节,另一位疼爱我的慈祥老人——我的外祖父走了。在这之前,我已收到老人患癌的噩耗,我风尘仆仆地赶回家乡,见到了老人最后一面。我走到外祖父的床前,这位身材本就瘦小的老人躺在床上,此时显得更加瘦弱了。我握着他的手,看着他痛苦的样子,心里十分悲痛。这个慈祥的老人,早年是村里的书记,也是一名老党员。小时候,我总是看见外祖父提着包四处开会、学习,闲下来时,他就坐在院子里一边编背篓,一边跟我聊天。令我惊奇的是,外祖父不会写字,却懂得那么多。我给外祖父穿上保暖的袜子,希望能为他减轻一点痛苦。他把我叫到床前,十分艰难地对我说:"以后你要听话,要听组织的话。"这是老人对我说的最后一句话。

如今,外祖父已躺在大山的黄土里三载有余,他坟前的石块是我和舅舅姨妈们一块一块堆垒而成的,算作是他的新家了吧,周围的树木依然茂盛青葱。他是个淳朴的农民,也是一个忠诚的共产党员,他属于大山,现在,他终于回到大山的怀抱了。

信仰,应该永远不被质疑。

我相信,这个城市是包容的,宽厚的,足够承载我小小的梦想,两位老人的话也将永远伴随着我的逐梦之旅。

身在岭南,心怀故土,朝着大山的方向,我一直在路上。

老院儿

三十多年前,老家的院子可谓红极一时,方圆几十里,包括周边的村子,都知道我们院子。

因了得天独厚的自然条件,唐崖河这一带土质极好,水资源丰富,水质也好。因此粮食出产高,交通、生活、生产都是比较便捷的。不知得了哪家祖上的阴德,这个院子里的每家每户都出人才,大多进了机关单位,有进县政府的,有进林业局的,有做医生的,有做老师的,有做警察的……总之,我们那个院子,是极其让人羡慕的一块风水宝地。

严格来说,唐崖河算不上我们赵家的根,我的祖父是从外地过来的,就是人们常说的上门女婿。曾祖父那一辈,是家境殷实的农民,良田百亩,人丁兴旺,曾祖母也是能干的女强人。据说为了给祖上寻一块风水宝地,花了重金买下了几百里之外的一块地。再往前追溯,祖上应是从河南赵县迁徙过来的。

用我母亲的话说,其他地方的姑娘都想嫁进这个院子。

我母亲就是从石家坡嫁到唐崖河来的。母亲说,她们石家坡的泥都没有唐崖河的泥好，一锄挖下去，都是黏腻结实的红泥，不像唐崖河这边的泥，土质疏松，肥力足。母亲从小学着挑水，要走好几里地才有一口井，井底都是泥沙，打来的水也要澄几天才能喝，水缸里经常有一层黏黏腻腻的、黄乎乎的泥垢，而唐崖河这边的水大不一样，清清亮亮的，甘甜可口。当年，外祖父母还因他们的女儿嫁到了唐崖河而自夸，赶集路过，总要叫上几个人到祖父家歇脚。祖父好面子，也深谙待客之道，免不了给来者备上一顿上好酒菜。众人吃罢闲聊家常，对唐崖的水土，总要好好赞赏一番。镇上的集市四天一次，所以，祖父家经常宾客盈门，常年累月，这待客的茶水、粮食、酒肉，也是一笔不小的花销。

西院住着我的两个舅公。他们是我祖母同母异父的弟弟，从小多得我祖父母的照顾。大舅公因干活不熟练，被送去学医，拜了乡里的一位德高望重的中医为师，学了几年，回家开了一间医馆。医馆就设在南院，每天人来人往，络绎不绝，从此这个院子就更加热闹了，一时名声大噪。小舅公是个斯文的物理老师，性格温和，从来不跟人红脸，听说他像极了祖母那英年早逝的继父，因此我的太姥姥尤其偏爱这孩子。

东院住着孙家两兄弟。一家人丁兴旺，个个顺顺当当，另一家只得一儿一女，儿子还是个哑巴，叫亮亮。亮亮小时候发烧烧坏了脑，后来就说不了话了。但是他干活很勤快，见了人也很热情，一边咿咿啊啊，一边指手画脚地跟人打招呼，我却是从来听不懂的。按辈分，我得叫他表叔，但我打小就学着大人的样，叫他亮亮。不管叫什么,反正他也听不到。亮亮快四十了才讨到老婆,是个盲人,生个儿子,却机灵得很。亮亮每次提到他这机灵儿子,都激动得咿咿啊啊的,笑得合不拢嘴。人们就说:"好,好!都知道啦,你儿子聪明着呢。"

请风水先生看过,这老院儿风水极好,依山傍水,山势绵远,福泽深厚。

在全院人的精心打理下,老院儿常年繁花不断,瓜果累累。后院是一大片橘子树,结的橘子皮薄肉甜。我母亲说,石家坡的橘子皮厚,酸涩,吃一个,牙都快给酸掉了。院子里还种了樱桃、柚子、葡萄、桃李,果子都鲜甜可口。太姥姥说,唐崖真是个好地方,养人。

院前种了一棵桂树,有上百年树龄,树旁有一丛翠竹。每到夏秋之交,满树米粒大小的桂花挂满枝头,香飘十里。祖父在桂树下建了一方池塘,用墙隔成两边,一边设计成方形,养些草鱼、鲤鱼,另一边是圆形,专门用来养鳖。祖父一个人一锄一锄地挖,又修了水渠,水渠从水井旁一路沿着房檐底下,延伸至池塘,每天洗菜淘米的水,和屋檐滴下的水,都汇集到池塘,从未干涸。祖父还自己织了网,到唐崖河里网来野生的小鱼,放到池塘里养起来。那些鱼来到祖父的池塘,被细心照料着,吃的都是米饭、饲料,还有鸡蛋,因此都长得肥美极了。

后来,桂树被砍了,奇怪的是,旁边的那丛翠竹也离奇死亡。祖父年事已高,再没精力打理,池塘干涸了,淤泥积满池塘,荒草覆没,早没了昔日的诗情画意。

两年前的夏天，我沿着那条老旧的土路走回老院儿。暑气正酣，荒草正旺，一丝风也没有。走进老院儿，房前屋后，野草疯长，遮蔽曲径，几近家门。

儿时记忆中的水井也早已尘封，蛛网遍布。屋后斜坡上的柚子树、李子树、枇杷树，从年头开到年尾的各种花，牡丹、月季、凤仙花……已然不见踪影，消失了的不仅是花木，还有流年的踪迹。昔日挺拔的桂树，只剩下一节裸露的树桩，像一位满脸沧桑的孤独老人，立在早已干涸的池塘边。祖父的池塘，曾经水光清澈，鱼虾欢跃，如今被泥污、垃圾充斥，荒草遍野。祖父修建的水渠，也早已堵塞，成了蛇虫鼠蚁的乐园。而那个四季都长满各种蔬菜的园子，如今只有我的祖父孤独地躺在那里，以一抔黄土的姿态，注视着曾经的百里名村。

我的父亲在这里出生，我也在这里出生，老院儿见证了一代人的辉煌岁月，也承载了我所有的童年记忆，这里曾经是一个五彩斑斓，阳光灿烂的乐园。

春去秋来，各种植物交替变换，仿佛一幅五彩斑斓的长轴画。春日里，牡丹、芍药、海棠开得好不热闹，还有雪白的李花，粉红的桃花，形似"烟斗"的烟斗花，各种不知名的野花，把整个春天装扮得缤纷多彩，常叫我心里多了几许柔情，几许畅想。夏日浓荫蔽日，房前屋后的果木扎着堆儿地结果子，枝头挂着柑橘、青李、桃子、葡萄……一直到冬天，都有吃不完的果子。

秋收时节，院子里的各户人家合作打谷、晒谷，每家每户的院子里都铺满了金黄的谷子，屋里屋外挂满了苞谷棒。天气晴好的时候，风车吱吱呀呀地，和着一阵阵打谷声转起来了，在院子的各个角落响起来。夜晚，天空异常清朗，星星也很明亮，夜空像一只巨大的眼睛，温柔地注视着人间。草丛里，有弹奏夜曲的虫子，在睡梦中哼哼的黑猪，牛棚里传来咀嚼干草的窸窣声。

快过年的时候，各家各户都很热闹，因为要杀年猪、打糍粑了。人们将腌制好的猪肉挂在火坑旁，他们会用整个冬天的时间，用橘子皮的温度将这些肉慢慢熏制成金黄的腊肉。杀猪这几天，家里总是热闹无比的，大家都把最新鲜的猪肉拿出来招待邻里。

还有一件热闹的事就是打糍粑。糯米蒸熟，倒进一个巨大的石臼里，再由两名大汉各拿一根两米多长的木槌用力敲打，直至糯米变得软糯成泥。女人们双手涂油，将糯米泥揉捏成团，整齐地摆放在涂满油的八仙桌上，再将另一张桌子倒过来压在米团上，取下桌子，在糍粑上印上红的绿的花纹，这就是新年里最具有艺术感的年货了。母亲说，过年时，我小时候最喜欢到各家串门，表演歌舞，以此换得满口袋的糖果瓜子，高兴不已。

一只鸟飞过，停在旧屋的房顶上。像一部电影戛然而止，那些热闹的场面突然消失在我的思绪中，仿佛一只无形的手将我拽住，把我拖回现实，拖回到眼前这个破败不堪的老院儿。

走进院里，小路被杂草遮蔽，水泥院坝已经倾斜开裂，当年祖父放在门口的石凳早已残缺不堪。走进老屋，昏暗潮湿，一股霉味扑鼻而来，仿佛如记忆中雨季的味道。我环顾颓然，草木凋敝，老屋破败，竟致胸中愤闷，哀呼感叹不已。

如今，曾在这个院里生活的人，要么残疾，要么仙逝，要么远走他乡。老院儿东边住着孙家的哑巴亮亮，他的盲人老婆，和他们的机灵儿子。紧挨着的一厢正屋里，住着孙家八十多岁的表奶奶。而我们这厢房，自我的祖父仙去后，已空无一人了。正屋住着我年迈的舅公，西厢也是空荡荡的了。曾经有三四十人生活过的院落，如今只剩下五六人了。

土家人的院子

母亲的故事

很多年了,我的笔下一直没有母亲的身影,我知道,我多情的笔触始终绕不开她——一个平凡的母亲,和全中国大部分女人一样。因其历经坎坷辛酸,我一直不敢提笔。如今,这个想法在我心中愈加强烈,仅仅因为一个极其简单的理由——时光流逝,我想为她素描,也为我自己。

一

我的故乡在恩施,那是地处鄂西山区的一个少数民族聚居地。苗族、土家族、侗族、瑶族等少数民族世代生活于此。恩施地处鄂西,大巴山、巫山、武陵山相交于此,南接湘西,平均海拔一千米。过去的年代,故乡被层层叠叠的大山包围,与外界相联甚少。20世纪,生活在故乡的人们很少有机会走出大山。从古城施南,向东三百多公里,出宜昌,到达长江中下游平原,公路盘旋在峭壁陡崖之间,蜿蜒绵亘约一千公里,历经二十四小时颠簸，才到达省城武汉。人们常说"天上九头鸟，地上湖北佬"，鄂西虽属湖北省，文化上却与以江汉平原为中心的荆楚文化差异甚大。无论世事如何变化，时代如何进步，我的闭塞的故乡——就像班里的后进生——总是最后一个，带着浓重的土家气息，悄无声息地融入时代的洪流。正因地理位置偏僻，地势险峻，乡人长期生活在一个封闭，人际关系也相对简单的环境里，因此也造就了一群隐忍、善良、纯朴的女人——正如我的母亲。

几百年前，施南划区而治，中央的统治鞭长莫及，唯有通过控制土司——少数民族地区的"土皇帝"来统治一方，因此，土司俨然成了一方霸主。土司世代袭爵，有辉煌的宫殿，有强大的军队，汇集了当地绝大多数财富，当然，也有着绝对的权威和话语权。

唐崖镇地处鄂西南的大山深处，地属武陵山区，唐崖河自东向西倒流三千八百里，养育了无数土家儿女。

我的母亲就出生在这样一个美丽的地方。

二

20世纪五六十年代，因为营养不良，我的外祖父和外祖母结婚几年了都没有孩子，这在那个年代是件很不光彩的事情。终于，1964年的夏天，我的母亲在全家人的期盼中呱呱坠地。作为一个家庭多年的期盼，幼年时期的母亲自然也得到了全家人的疼爱。但在那个物质十分匮乏而劳动力极其短缺的年代，悉心照料是谈不上的，只是全家人都很珍惜这个来之不易的小生命罢了。

后来，家里的孩子越来越多，再加上家里唯一的男丁——我的舅舅的出生，母亲的地位日益下降，同时不得不扛起大姐的职责，帮忙照顾一家大小。放牛，做饭，砍柴，舂米，照顾弟弟妹妹……她从小体弱多病，瘦弱的她哪里经得起生活的打磨？生病了，挨一挨，只要还能动，就得忍受病痛去放牛，割草。感冒了，就用煮熟的鸡蛋滚一滚额头——这是我们土家族的土办法。年幼的母亲用鸡蛋滚过额头，忍不住美味的诱惑，把鸡蛋吃了，结果，感冒没好，反而加重了病情。那种鸡蛋我见过，蛋黄发青，还有突出来的密密麻麻的肉钉似的东西，听说这是体内的湿毒寒气所致，这鸡蛋是万万不能吃的。

母亲九岁那年，一场大火烧掉了祖屋，也烧掉了全家人所有的家当。那天，母亲正在山上放牛，远远地望见一片红通通的火光，映红了半边天，一整栋吊脚楼被烧得噼里啪啦直响。外祖母慌乱地跑回家，看见我那年仅两岁的舅舅被他爷爷抱在怀里，才松了一口气。"芸，快回去，你屋着火了。"正在耕田的王二伯对我母亲说。全家人的粮食、器具、衣物、牲口……都淹没在这熊熊火海之中。大火一直烧到夜里，震惊了整个村子。后来，外祖父和外祖母在乡亲的帮助下，建造了新的木房，这一住就是半个多世纪。

这场大火过后，本就不宽裕的生活更加窘迫了。我的母亲也只剩下身上的一套衣服，只得用亲戚送来的一套极其宽大的衣裤换洗。十一二岁的女孩，正是爱美的年纪，母亲却不得不穿上与自己极不相称的衣服，否则就真到了衣不蔽体的地步了。外祖父是乡里的书记，经常外出开会学习，家里的日子是顾不上的，一家大小就靠外祖母一人支撑。自然，我的母亲作为大姐，也得替家里分担一些，从此，一家人的生活过得更加清苦了。

即便是在如此艰难的日子里，母亲仍坚持上学。学校在二十里地之外，年纪尚小的母亲，每天都要徒步一个多小时的山路才到学校。外祖母是一个传统的农村妇女，能劳作，能吃苦，但并不支持母亲上学。每天早晨，母亲都要早早地起床，完成了外祖母交给她的任务——放牛，才能去上学。母亲牵着牛，听到同伴们的呼唤："芸，上学去啦！"她赶回家吃早饭，有时米才刚下锅，有时只吃一点红薯洋芋，不得不忍饥挨饿就赶去学校。即使这样追赶，等母亲走到学校，已经上完一节课了。

母亲的学习成绩却不错，尤其是语文。她心思细腻，文笔优美，深得老师厚爱。也许正是因了她有这样细腻美好的心思，才让她一辈子在命运的浪潮中永葆青春和梦想，坚贞不屈地走到了今天。那时候，学生须劳作，开荒，种地，搬石头，挑粪……瘦弱的母亲哪里做得了这些。好在老师也特别宽待她，很少让她做这些繁重的活儿。

我时常想，我的母亲本是蕙质兰心，却生活在荒蛮莽野之中，如若她的境遇能稍微好点，也一定是一位才华颖异的女子吧。那样，或许她就能写出自由的诗句，就能背着行李漫游远方，就能做着属于自己的青春梦。

命运如同洪流，说来，他便来了，毫无预兆，你我也并无选择的机会。母亲和所有的花季少女一样,也曾幻想,也曾叛逆,也曾有心底的小心事。十六岁的她高中毕业了,却没能考上大学。那时恢复高考才几年,对于地处山区的农家女孩来说,能考上大学实在是比登天还难。

母亲不甘心,她想复读,当她把这个想法告诉外祖母时,得到的却是一顿数落,"复读,复读,我看你真是'糊涂'哟。"母亲满腹委屈,却不甘求学之路就此断送,她甚至自己借来了学费,准备再复读一年。然而,一切并不如她所想那么简单。我曾想象,有多少个日夜,母亲是在失望和泪水中度过的。直到如今,听到母亲的诉说,我的心还是会一阵一阵生疼,疼得悄无声息。时代的洪流无法抵挡,追梦,是一件奢侈的事。

三

母亲与父亲的相识,是高中的事了。

我的祖父是军人,参加过抗美援朝,转业后在乡里的粮管所工作。父亲家里生活比较宽裕,至少在那个年代是没饿着肚子的。有了闲钱,父亲读书时还经常下馆子打牙祭,这在母亲看来,是多么奢侈的生活。母亲并不喜欢这样的人,用母亲的话说,"富家子弟,好吃懒做"。

母亲辍学后,我的祖父就到外祖父家提亲。祖父插队时住在外祖父家,这位意气风发的国家干部,提着两斤高粱酒,来到外祖父家,说早就看上了这个女娃子做他们家的儿媳妇。母亲生得标致，浓眉大眼，娇小可爱，有些古灵精怪，再加上她学过文化，知书达理，在祖父眼里，自然是继承家业的最佳人选。

父亲家的婚事催得很紧，母亲迫于双方家长的压力，最后不得不答应了婚事，在十六岁时订了婚。这样勉强的婚姻，从一开始就注定是失败的。

"芸，你选择了的路，以后你就要好好走。"这是母亲的老师对她的忠告。母亲向我转述这话时，她的神情是黯然的。我可以想象，老师的话，是现实对一位花季少女无情的打击。这就是事实的陈述，我的母亲没有选择的机会，那时母亲才十六岁，一个十六岁的少女，正是做梦的年纪，奋斗的年纪。然而，命运并没有给母亲做梦的机会，也没有向她许诺过什么，她也完全不可能主宰自己的命运。后来，祖父答应为母亲出学费，让她跟着一位裁缝师傅学艺。

母亲心灵手巧，天资聪慧，很快就掌握了裁缝技巧，她的手工在乡镇里都是数一数二的。于是，每逢赶集的日子，祖父就背着缝纫机，送十七岁的母亲到镇上摆起了小摊。缝补衣物，定做服装，再做些袖套、手套等小玩意儿，虽然收入微薄，但总算有了属于自己的一份积蓄。

母亲心灵手巧，又能吃苦，经常赶活儿到凌晨。做一件衣服两元钱，一条裤子一元钱，袖套三毛钱……就是靠着这一针一线的积累，母亲积攒了一点钱。她买来两尺花布，为自己缝制了一件衣裳，又买了一把花伞，这是她给自己买的第一份礼物。剩余的钱，还得接济家里。母亲的妹妹们也渐渐长大了，母亲总是想着为她们买些漂亮衣裳，还要拿一部分钱存起来，因为结婚时还要给长辈们做布鞋，算是自己的一份孝心。

四年后，眼看婚期将近，母亲也知道这门亲事是无法改变的了，我的二十岁的母亲，与我的父亲结婚了。

按照土家族的习俗，男方家长要先请媒人提亲，接着女方家再到男方家"看门户"，女方家同意后，男方再下聘礼。聘礼一定要有整只的腊肘子，用红纸包着，用扁担挑进女方家里。再"放梳子"，大概相当于现在的订婚仪式，接着拜祖宗，最后才举行婚礼。

结婚前日，我的祖母带着母亲走遍县城，买了几件新衣服作为新婚礼物。她们步行到县城，花三十块钱买了一件大红棉袄，那在当时是最时髦的衣裳了。买了衣服，三百元还剩下大半，因为整个县城实在是没什么可买的了。祖母问母亲："你要两百元钱，还是想要猪仔？"母亲说，要猪仔。我的母亲，就这样带着娘家给的几床棉被，几尺棉布，嫁给了父亲。

结婚后要"分家"，所谓独立门户，母亲和父亲分得两间瓦房，过起了小日子。父亲虽说是家中长子，却不得祖父母喜爱，分给他的房子也是最简陋的，泥土为地，木桩为墙，塑纸为窗。但母亲毫不挑剔，只因外祖母的时常教导：嫁鸡随鸡，嫁狗随狗。母亲知道，这里的猪很出名，肉质香嫩，还出口到国外。相传明朝土司夫人田氏上山求得神药，治好了猪瘟，乡里的养猪业就发达起来。母亲每天都去割猪草，她当初要两只小猪仔，就是想着能把猪仔养大了卖钱。婚后的生活更加辛劳，我的父亲从小享受惯了,性格也比较懒散,和勤快而急躁的母亲一起生活,两人总少不了发生矛盾。母亲什么都学,什么都做。她不但会做家务,还会干农活,会养猪,会刺绣,会裁缝,会嫁接……养猪需要猪圈,母亲和父亲一起,自己挖坑,自己扛石头,自己砌墙、上瓦,盖起了自家的猪圈。她就是靠着勤劳和智慧,硬是支撑起了整个家。

然而,她与父亲的婚姻给她带来了不快,甚至是灾难。父亲的懒惰,生活的清苦,无休止的争吵,每日摧残着她曾无比细腻温暖的情怀。

四

我的出生可以说是经历了生死斗争。

至今,母亲时常说起我出生时的样子,她满眼怜爱,对我说:你出生时,简直太漂亮了!眼睛圆溜溜,头发黑油油的,姨婆买了一顶小兔帽子戴在你头上,可爱极了!

我和哥哥的存在,让母亲继续甘于忍受生活的磨难,再次坚强地扛起生活的担子,她无疑是伟大的母亲!

母亲好学又能吃苦,她除了种地,还学了养殖、栽培、裁缝,后来做起了小买卖。即便生活如此艰难,如今的我仍记得家里的桌上总是摆放着鲜花,母亲的衣橱里总是挂着最时尚的衣服,墙壁上贴着正练瑜伽的女子的海报,还有电视剧《红楼梦》的剧照,书架上也总是被各种书籍塞得满满的。这一切,都是母亲的安排。即使受尽生活的磨难，她仍然保持着一颗年轻跳跃的心，一颗从没放弃理想的心。

照片墙上，是母亲顶着大檐帽、戴着大耳环的时尚写真。雪地里，母亲烫着时尚的短发，穿着及膝短裙，面对镜头，微微地笑着。那眼里，依旧闪烁着动人的微光，如一册温润厚重的书，书写着生活的丰厚与希望。母亲从青春年华走到而立之年，从乡村走到城市，从农村妇女成为工厂职工，再加上父亲的巧手，我们一家的生活越来越好，母亲也生活得舒心。但母亲和父亲之间的争吵，从来就没有停止过。

五

我的父亲，注定是母亲这辈子的悲哀和磨难。1999年国庆，全中国都沉浸在迎接新世纪的欢愉之中，在这举国欢庆的日子，我的父亲遭遇了此生最大的灾难。那天晚上，他独自骑车回家，途中摔下了石桥。黑暗的冬夜，没有人目睹这场灾难，只有我那酩酊大醉浑浑噩噩的父亲，在冬夜里呻吟。凌晨时分，幸好一位拾荒老人发现了躺在乱石沟里的父亲，他早已昏迷不醒。后来，医生诊断，父亲脊椎骨折，成了残疾，也成了母亲心头最大的伤痛。

犹记得那天早上，我听到祖母接到从县城打来的电话，电话里说，我的父亲出事了。年纪尚小的我还无法理解"出事"的含义，我也无从考证父亲究竟是出了什么样的事，没有人告诉我家里发生了怎样的变故，我只照常读书，照常生活。直到母亲陪着父亲从医院回家，我才得知，我的父亲，曾经魁梧有力的父亲，从此只能躺在床上度过余生了。

看到颓废的父亲和疲惫的母亲，我的心一阵发紧，仍不敢相信这个事实。那年，属于我的十二岁的天空布满了乌云，没有一丝光和暖。简陋而幽暗的出租屋里充斥着浓浓的药水味，也充斥着悲伤和阴霾。每个走进这间屋子的人，都带着悲哀的神情。母亲带着父亲长途奔波，在医院照顾他七天七夜，丝毫未眠，回到家又四处求医，接待客人，还照常上班，此刻的她已十分疲惫，神色黯然。有一次，母亲骑着自行车下班回家，竟不知家在何处，迷失了方向。

这一次，我的母亲再一次显示了她惊人的勇气和善良的心性。对父亲和家庭，她从不抛弃，为父亲四处求医，为子女倾尽所有，为支撑这个家隐忍一切伤痛和苦难，还有相关的和不相关的人的冷嘲热讽。

医生宣布，父亲再也不能起床了，最多只能活三年。但是，我的母亲从来就是那么倔强。西医不行，就找找别的办法。她听说一位土家赤脚医生能治好父亲的病，于是请来那个所谓的"神医"，用草药敷，并告诫父亲十天不能翻身。父亲信了，母亲也信了，全家人都信了。他们都是读书人，在命运的捉弄面前却如此愚昧，竟然相信敷草药能治好脊椎骨折！但是，我丝毫不鄙视这种愚昧，我所看到的，是母亲的善良与坚强，还有面对求医无门的深深无奈。最终证明，那个"神医"就是一个毫无良心的江湖骗子，不但没治好父亲的病，十天未翻身的父亲还患上了褥疮。

母亲又请来大夫，每天为父亲换药，治疗褥疮。每隔一个星期，母亲就要去医药公司买药，整车整车的药，负载的是家庭的所有收入和一家人的全部寄托。母亲和大夫一起不断试药，最终发现烧伤膏能让父亲后腰上那几个巴掌大的褥疮逐渐复原——这已是母亲最后的希望了。大夫每次换药，母亲就在旁边看，没多久，她就学会了自己给父亲换药。在此之前，母亲是连一只小虫都害怕的，更没有见过如此血淋淋的场面。

一个人遭遇灾难时，会遇到各种各样的嘴脸，也更能检验人心。为了给父亲治病，家里已耗尽所有钱财，债台高筑，即便如此，有人仍然不会善待我的母亲，甚至背后作梗，造谣说我的母亲把钱藏起来不给父亲治病，打算抛夫弃子，离开家庭，以此离间母亲与公婆之间的关系。

母亲是一个自尊心极强的人，从来就不能忍受这些流言蜚语。即使父亲曾深深伤害过她，即使她内心从没真正接受过这段婚姻，即使父亲如今是这般惨状，但她从没打算离开家庭，离开她的孩子。她只有隐忍，直至无法隐忍，和对方撕破了脸。如此荒诞的谣言，如此险恶的用心，我对此深恶痛绝！我也为母亲惋惜：你为何不离开，去过属于自己的美好生活？去实现自己的青春梦想？但我的母亲告诉我：不要怀疑生活的伟大，照着生活给你的路走下去就好。

母亲照常上班，照常做生意，孩子们照常上学，只是父亲，永远躺在床上耗费时日。我们一家人就这样活着,走到了新世纪。

六

我的哥哥初中毕业后,考上了县一中艺术班。母亲对哥哥说,一定要读书,你有天赋。但母亲不知道,艺术,需要大量的资金投入。母亲东拼西凑,终于筹来了六千块学费。可是,接下来还要买画笔、买画纸、买画板,去省城参加高考……此时,母亲工作的工厂倒闭了,她只好再次坚强地站起来,开始做起小买卖。每到寒暑假,我清晰地记得,母亲总是早早地起了床,来到蔬菜批发市场,等天亮了就把各种蔬菜运到乡下去售卖,直到傍晚才回家,有时候连早午饭都顾不上吃。女人的包包里,通常放的是护手霜、口红、化妆包,而母亲的包里,放的是手电筒、保温杯,和感冒药。一个女人,早出晚归的,总该备着这些东西防身。蔬菜用又大又笨重的塑料筐装着,都是靠母亲这双柔弱的手搬上车又搬下车。谁曾想过,这双手曾经写过诗,绣过花,织过毛衣,做过裁缝……母亲很爱惜她的一双手,她常年戴着一副露指的手套,每天都要擦护手霜,这已成为她多年的习惯。这双手,虽经历岁月的痕迹和生活的磨难,变得不再纤细白嫩,但十分干净有力。

父亲的医药费,我和哥哥的学费,一家人的生计,都靠我体弱的母亲一人承担。她是个倔强的人,她的自尊与坚韧,似乎是与生俱来的，是刻到她骨子里的。直至今日，深夜里母亲在灯下踩着缝纫机做鞋垫的剪影，仍深深地印在我的脑海里，就像我童年记忆短片中的一个定格，永不消逝。母亲因为长期伏在缝纫机上工作，高度近视，视力急剧下降，颈椎也不好，却不得不在辛勤劳作一天后继续工作。她得想出各种挣钱的门道，以此来养育她深爱的孩子们。

母亲是一个善良的人，是一个充满了母性光辉的女人。也许她的言语并不温柔，有时候也并不好听，甚至有点"火药味"。我上初中，母亲给我捎来一包零食，有同学偷去了，母亲得知后，再三叮嘱我：不要责怪那孩子，她肯定是馋急了，又没钱买才拿的，这样的孩子很可怜，把你的零食分给她一些吧。我听了母亲的劝告，也因从小感知了母亲的善良，至今仍保持这份善心。母亲常说，善有善报，恶有恶报。母亲就是靠着她的这点生活哲学，坚韧不屈地走到了今天，并向周围的人宣告她的信仰和尊严。

母亲又是一个敢做敢为的女人。我读初中二年级，县一中招收培优生实验班，我考上了，母亲却坚持不让我去报到。亲戚朋友都十分不解，一中的校长和我初中学校的校长也找母亲谈了话，开出各种"优惠条件"。可是，我的母亲坚定地拒绝了。她告诉我，上县一中是不够的，要考上更好的中学。后来，事实证明母亲的决定是对的。我上高中的那一年，哥哥也上了大学，母亲很高兴。可是，兄妹俩巨额的学费又让母亲操碎了心。民政部门的资助有限，这点补助对于我们这个满目疮痍的家庭来说是杯水车薪，但这对母亲而言，是多么大的一个慰藉啊。这让她感受到，在布满荆棘的路上，她不是独自一人。

2006年，我依从母亲的夙愿考上了一所师范院校。母亲说，将来做个老师挺好。我知道，她是不想让她的爱女和她一样与大学擦肩而过，以致与百般艰难而又善变的生活纠缠不清。

那年八月，母亲带上几个红薯，几个鸡蛋，送我来到千里之外的省城。这是我们第一次走出大山，看到了广袤的平原，看到了繁华的大都市。七月的武汉热得跟蒸笼一样，一丝风都没有，太阳把大地炙烤得滚烫生烟，母亲却舍不得坐出租车，也舍不得买一瓶矿泉水。出门前，她在背包里塞满了煮熟的鸡蛋和红薯，用几个矿泉水瓶装满了凉开水。她早就想到，吃饭、喝水都得花钱，她要把仅有的钱留给远在他乡的女儿。饿了就吃几个红薯，渴了就喝自带的水。

那几年，我与母亲的关系并不亲近，我一直住宿在校，更因我的年少无知和青春叛逆。母亲送我到学校宿舍后并没多逗留，我也不加挽留，她便提着行李，独自下楼离去了。我无法想象母亲离去时的心情，更无从知晓她内心深处的艰涩与酸楚。

四年后，我大学毕业参加工作，来到了远离故土的岭南海滨。我急切地想在这个陌生的城市扎根，期间很少回家，对母亲也疏于问候和照料。母亲却经常来电询问，每年都会来看我几次。母亲每次过来，都会给我捎上大包小包的家乡特产，腊肉、香肠、自家种的黄豆、自己做的布鞋……甚至还带来一床十几斤重的棉被。我不忍母亲旅途劳累，总是对她说，这些我都吃不惯了，棉被也用不着。可是下一回，她仍旧固执地带来这些东西。如今，我年龄越大，离家越久，就越能体会母亲对子女的那份怜爱之心。尽管我已成家，但在母亲眼里，我还是那个需要被呵护的小女孩，那个单纯、懦弱、不懂得与人争夺的小女孩。

七

我怀孕的时候，母亲听说了，她很高兴，每次打电话都叮嘱我要照顾好自己，告诉我怎么吃，怎么穿，要注意什么，她都事无巨细。又为我寄来酸豆角、蜜柚、腊肉、棉鞋……可她哪里知道，岭南的冬天是不必要穿棉鞋的。尽管我多次拒绝，她仍旧固执，照样为我寄来酸豆角、蜜柚、腊肉、棉鞋。一天晚上，我突然早产，却不敢告诉母亲，第二天情况稳定了，才告诉她。母亲在电话里反复叮嘱，不要紧张，不要担心，但其实我能听出她的担心更胜于我。

孩子出生后，母亲千里迢迢从家乡赶来，带来了几大包东西，全是为我准备的。猪油、土鸡、布鞋、鸡蛋……母亲一来，马上收拾起来，一边收拾一边念叨："女人坐月子，一定要注意，不然以后会落下病根儿的……"她总有自己的一套理论。她一来，家里的冰箱马上被塞得满满当当的，顿时就有了家的味道。我知道，这些东西是她半年前就开始准备的。

母亲除了照顾我的生活，还照顾我的孩子。她给孩子洗澡，喂饭，剪指甲，哄他睡觉……我仿佛看到母亲照顾小时候的我的样子，那么细致，那么温柔。母亲放下家里的一切来到这陌生的城市，她有许多的牵挂，遭遇多少的流言，以及生活上的诸多不惯。看着母亲忙碌的身影，我心中升起一股暖意，这是多年来不曾有过，但又熟悉得不能再熟悉的感觉。常年的操劳让母亲日渐衰老，头发也掉了不少。不知何时，皱纹已悄悄爬上她的眼角，一头青丝隐藏着星星点点的斑白，这是时光的印记，无声，不可抗拒。我无法阻挡时光流去，无法减慢母亲日渐苍老的脚步，但幸运的是，因为孩子的缘故，还能每天与母亲相依相伴，每天能吃到母亲做的简单的饭菜，看到母亲在镜子里依旧平静的容颜。但，虽能体会母亲的心境，却终究无法回报她的恩情。

2017年冬，快过年了，母亲要回乡，回到她的故土，回到父亲身边，回到她始终割舍不下的青春流年。我送母亲到车站，一直送到进站口。母亲背着行囊，过了安检，又回头朝我这边张望，我冲她摆摆手，她才缓慢地走进大厅，消失在熙熙攘攘的人群中。这时，我竟眼眶潮湿，久久地伫立凝望。人生的一次次分别，让这份亲情更显珍贵，也只有到了这个年纪，才更懂得母亲的心境，懂得珍惜这一段来之不易的亲密时光。我走在拥挤的人群中，却不觉烦扰，因为此刻，我的心里只装着我的母亲。

我只愿她平安，健康，长寿！

土家往事

一

不知几更时候,我就被一阵急促的敲门声惊醒了。

"锦延兄弟,锦延兄弟,快起来!快起来!"

紧接着又是一阵急促的敲门声。

我听着祖父起了身。

"我家华子不行了,你快来看看。"

我揉了揉眼,这回听得很清楚,那是隔壁院儿孙二爷的声音。

没多久,那边就传来一些女人的哭声。那声音穿过黑茫茫的夜,直投到我的窗户里来,挺凄惨。

"华子,我的孙儿啊……"

"你怎么就这样走了。"

"呜呜呜——"

这应是孙家太姥姥的声音。

华子，不是华叔吗？我爬起身，趴在窗户上看过去，孙家院子灯火通明，此时已是午夜。我看到许多人从孙家堂屋进进出出，有孙家大爷，孙家二爷，和孙家的几个叔叔婶婶们。屋里发生了什么，却看不究竟。

"奶奶，我也去看看。"我对正准备出门的奶奶说。

"赶紧睡吧，不要去了，不吉利。"奶奶说完，径自出门去了。

整个晚上，鞭炮声不断，吵得我睡不着。

第二天天一亮，村里各家各户的人都来到孙家，来祭拜这英年早逝的孙家大孙子。我从人堆缝儿里挤进了堂屋，正中摆放着一副漆黑发亮的棺材，前面点了香烛，放了火盆。

孙家太姥姥坐在旁边，耷拉着眼皮儿，偶尔紧闭着哭红的双眼，神情十分悲苦。跳跃着的红色火苗映红了孙老太的脸，那张布满褶皱的脸映着火光，显得更加沧桑、老态。

华叔是孙二爷家的长子，底下只有个弟弟，叫亮亮。然而，亮亮并不"亮"，是个哑巴，小时候发烧给烧坏了，醒来后就不能说话了。按辈分我应该叫他表叔，但我也学着大人的样，叫他亮亮。亮亮虽然不会说话，但他很喜欢跟人聊天，比比画画、咿咿啊啊的，我却是从来听不懂，他就只对着我傻笑。

"华子没了，亮亮就是孙二爷家的独苗了。"人群中有人说道。

"一个哑巴，哪个愿意嫁呢。"

亮亮忙里忙外，帮助招呼客人，倒茶，添饭，遇人也比比画画、咿咿啊啊地"说"，全然不顾人们的评说。而且，他也听不到人们的评说。这多好。

一整天，陆陆续续有许多人来吊唁。进堂屋的人，都在棺材前作了揖，有点亲戚关系的后辈还给发了孝布和麻绳，披麻戴孝后，磕头作揖了，就退到院坝里。

这时候，院坝里传来一阵猪的号叫声。众人望去，几个壮汉正抓着一头肥猪，拖到长凳上，领头的是屠夫胡老五。那猪拼命挣扎，号叫，众人将猪按在宽凳上，只见屠夫手起刀落，那猪便断了气。这头猪，完全足够用来招呼客人了。

虽然人家里死了人，但该吃吃该喝喝。在唐崖镇，不管红白喜事，主人家都会用最好的酒菜招呼客人。

祖父坐在阶沿儿写大字。一张铺白布的桌子，周围挤满了人，个个手里都拿着钱，旁边一人收了钱，祖父就登在账本子上。他的字写得极好，村里的红白喜事，都找他写对联、登账簿。我走过去，给他的砚台里倒上墨，这是我最喜欢干的事儿。

祖父写了一副挽联，细细念了几遍，一边念一边点头，直到满意了，才叫人贴到堂屋两旁的柱子上。我看着那白底黑字的挽联，内容看不太懂，却无端多了一些敬畏，这跟春节家里贴的红对联可不一样。

看完祖父写字，我就到院坝里，跟一群小子们一起找鞭炮。那里堆满了放完鞭炮后的红色纸花儿，从里面总能找到一些没响的闷炮儿，虽然找到满满一口袋，但我不敢点，就跑到桌旁听大人们聊天。

我挤进人堆里，只听有人问道："怎么会这样？我昨天还和他一起去胡老五家挑粪呢，怎么就掉水里啦？"

"唉，谁让他去龙潭呢。他那打渔的网都找不到啦。"孙家泉叔说道。

周围的人都皱起眉头，眯起眼，仿佛看到一个可怕的幻影，又充满嫌厌。

一提到龙潭，镇里乡里没有人不知道的。我从小就听大人说，千万不要去龙潭，那里住着一只龙怪，是当年从天上逃到凡间的，掉到了唐崖河里，形成了一个深潭。那龙怪作恶多端，搅得唐崖镇的百姓不得安宁，还吞噬了许多人的性命。

"他去打渔，可是天黑，不知不觉就把船开到龙潭去了。"胡子说到。

"听说呀，他是看到河中间有个女人，想去救她，可是还没等他走近，就陷进龙潭里了。"人群中又有人说。

"那女人八成是那龙怪的化身，想引诱他去。"

"去年，去年十月间的时候，不是就有个外地人，从朝阳那边过来的，不熟悉唐崖河的水域，也是把船开到龙潭那里，就没命了嘛！"

"还有一次，我看到一个男娃，一头扎下去就再也没起来了。"

"是啊，是啊，那男娃就是我们那里的，平时水性好得很，还真奇怪，连尸体都没找回来，八成是被龙怪给吃了。家里的独子啊，就这样没了。"

"你们呀,都是自己吓自己,后来不是听说在朝阳那边发现了尸体嘛。依我说,我们镇早该在庙里把那龙怪给供上,一年烧点香,多拜拜。"

"那怎么行,那庙里供的可是张飞,不怕他们打起来么。"

说到这里,人群里传出一阵哈哈大笑,人们因此多了茶余饭后的谈资,而似乎早已忘记丧事的悲痛了。

众人就这样唱了三天,跳了三天,吃了三天。第四天的早上,要下葬了。众人吃过早饭,一切准备妥当,绑好棺材,"一二三,起——",七八个壮汉抬起棺材出了堂屋,贵子端着华叔的遗像走在前面,一行人出了院子,慢慢地向玄武山走去。

一路上纸钱飞散,锣鼓喧天,孙二爷、孙二奶奶,还有孙家太姥姥,几位老人送到院门口,互相搀扶着,熬红了眼,翘首望着送葬的队伍。只见那竹竿上挑着的白布条儿越飘越远,消失在密密层层的丛林中。

玄武山上的两株巨大杉树,在氤氲的晨雾中清晰可见。那是夫妻杉,是有四百多年树龄的古树。华叔,应该就葬在这座山上吧。而我对死亡的认识,和内心无由的恐惧与敬畏,大概就是从这场丧事开始的吧。

二

说来也奇怪,打我记事起,关于龙潭的都不是什么好事。不是哪个人游泳游到龙潭被淹死了,就是哪只舢板船划到龙潭就翻了。所以，大人从不让我去唐崖河游泳，更不让靠近龙潭，那里似乎是一个死神之地。听学校的老师说，那龙潭下面很深，有一个很大的漩涡，人只要被水流冲到那个漩涡里，就很难逃生了。在大人和老师浓墨重彩的描述下，我从来不敢涉足唐崖河，更不敢靠近那龙怪的所在地——龙潭。过木桥的时候，我看着桥下湍急的水流，老是幻想着有一条龙从水里一跃而起，咬住我不放。那桥用三四块木板拼接而成，中间留有很宽的缝隙，桥下就是湍急的流水。每次过桥时，我都头晕目眩的，两腿发软，常常需要祖父或老师背着我过河才安心。

除了过河的时候，我还是很喜欢唐崖河的。河水一年四季都绿着，水光清澈。河里还有许多小鱼小虾，捞来晒成鱼干，炸了吃，特别香。夏秋季节，河水退去的时候，中间露出一块陆地，形成一座小岛。岛上绿草青翠，温柔极了，站在桥上望去，那小岛像极了一颗晶莹的翡翠，镶嵌在一条绿莹莹的丝带上。常有几头牛游到岛上吃草，似定格在画面中的静物。在我看来，那生满青草的小岛，倒像校门口店子里卖的翡翠糖，晶莹剔透，不带一丝儿杂质。我们的学校一面靠山，三面环水。老校长经常拉着手风琴，悠然地唱着他自己谱的词曲："玄武山下，唐崖河畔，青山绿水绕校园，青山绿水绕校园……"

上体育课的时候，我们就到河滩上捡石子儿，抓小鱼儿，摘红刺果儿，那果子酸酸甜甜的，每一棵树上都结了无数的红果子，吃得嗓子眼儿里直冒酸，小孩们才肯罢休。还有一种无名的紫色小花，像一个个小漏斗，女孩儿喜欢摘了，除去花底部分，串成串儿,戴在头上、脖颈上,就在河滩上快活地跳起舞来。

孩子们还喜欢玩抓石子。河滩上,一颗颗洁白的白玉石子,拾也拾不完。大如鸡蛋,小如珍珠,这些都是我们的宝贝,放在铁盒子里或布袋子里,课间就拿出来玩,输了石子,那是最心疼不过的了。

七岁的时候,我去过最远的地方就是县城。唐崖镇在一个七岁孩子的眼中,算是最繁华的地方了。镇子上有电影院、包子铺,有数不清的卖油粑粑、卖麻辣串的小摊儿,还有自家做的腌菜、苞谷籽、糍粑。每逢赶集的时候,我都央求着爸妈把我带去,那样可以吃上几个香酥可口的油粑粑,买几瓶"娃哈哈"。

天还没亮,卖油粑粑的老太太架起小锅,点起炉子,端出一盆白生生的米糊糊,开始炸油粑粑了。老太太左手拿铁勺,右手拿米糊糊,装进铁勺,再放入滚烫的油锅里,白米糊糊就变成了金黄金黄的油粑粑了。这是唐崖最有名的小吃,油而不腻,米香四溢。

祖父每次赶集都要去买烟叶,那烟叶是乡民从自家地里摘下的,在自家烤烟房里烤干了卖。祖父买了烟叶,仔细除去叶片的经脉,裹成一支一支的烟,整齐地摆放在烟盒里。这叶子烟烟味儿呛鼻,隔很远都能闻到,祖父却最喜欢抽。我最喜欢逛年市了,过年的时候,市场特别热闹,各种小人儿、灯笼、糖葫芦挂在街头,有的还能变出百般花样,令我兴奋不已。

集市依河而建,乡民们买了菜就到河里洗干净,拿回家可以直接下锅。涨水的时候,河里的木桥被淹了,只能乘着舢板船渡河。那渡河的撑起竹竿，边撑船边唱："妹娃子要过河，哪个来推我嘛？"有的男人憋足了劲，应道："还是我来推你嘛。"船上的人都笑起来。我们的学校三面环水，一面靠山，师生上学放学都不方便，学校有一艘铁船，能容二三十人，体育老师就当起了船工，负责接送师生，有时得等他下了课，才有工夫来撑船。

镇子上的集市很大，下了一个陡坡，是专门卖牲口的猪场。唐崖镇的仔猪很有名，相传，当年唐崖猪瘟肆掠，唐崖河里堆满了死猪，土司夫人田氏为了整治猪瘟，从山神那里求来方子，最后治好了猪瘟，唐崖的猪也养得越来越好了，乳猪还出口到国外。祖父工作的地方就紧挨着这个猪场，是乡里的粮管所。

赶集的时候，乡民们背了粮食，到粮管所去卖粮食。祖父负责收粮，登账。祖父喜欢喝酒，一边收粮食一边小酌几杯，一年下来，账目错了不少。

听祖父说，他参过军，是有组织的人。祖父十八岁参加了中国人民志愿军，唱着"雄赳赳，气昂昂，跨过鸭绿江"的歌，奔赴朝鲜战场。我常常缠着祖父，想听战场上的那些事儿。

"爷，你当的什么兵？会打枪吗？"

"我是电话兵，专门负责通讯，冒着弹雨接电话线，我还跟首长通过话呢。"祖父眼里闪着光，若有所思地回答。

"爷，这地雷是真的吗？还有这手榴弹，是像电视里那样，一拉，就炸了吗？"

"这些都是我从战场上带回来的纪念品。"祖父如数家珍。

祖父有一个绿漆的木箱子，里面有许多新奇的玩意儿，地雷壳啦，子弹壳啦，小刀啦，铜环啦……我喜欢那手榴弹壳，黑乎乎，像豆腐块儿一样的纹路，拿在手里挺沉，似乎还能从上面嗅到战场上硝烟的味道。我学着电视里的样子，扯了一下，奋力扔出去好远，祖父就在一旁看，一边看一边笑。

祖父拿出一个铁盒子给我看。盒里有几枚子弹壳，一把小刀，一个牛皮纸信封和一些奇怪的小物件儿。打开一个玫紫色丝绒手帕，里面是一些勋章、纪念章，看得出来，这些都是祖父的宝贝。

"爷，这些牌牌是哪里来的？"

"这是勋章，你看，这个就是党徽，这个是毛主席勋章……"祖父说到这里，声调不由得提高了，眼里闪着异样的光。

"毛主席我认识，就是他。"我指着墙上的一幅画像，画下面写着一行字：毛泽东同志、周恩来同志、刘少奇同志、朱德同志在一起。

"爷，朝鲜在哪里？打仗会死人吗？你怎么回来的？"

"唉——"祖父长叹一口气。

我仍缠着他不肯放："给我讲讲，给我讲讲。"

祖父拿起信封里已经褪色的照片，不再出声了。

照片上，有一个瘦高瘦高的男人，一个裹头巾的妇人，抱着一个娃娃，旁边还站了几个男娃。那男人，是我的曾祖父，那妇人，是我的曾祖母，那娃娃，就是我的祖父。

祖父上了几年私塾，十几岁的时候，又去了市里读书，后来，朝鲜战争爆发了，祖父离开山沟沟，踏着历史的烟尘，奔赴前线。祖父退伍后，迫于曾祖母的压力，与早已订了娃娃亲的女人结了婚，他却始终没看上那个五大三粗的女人，没多久，祖父就与她离了婚。来到了唐崖镇，娶了我的祖母。

祖父调到镇上的粮管所工作，下乡时被派到太姥姥家，认识了我的祖母。祖母十二岁开始上学，初中毕业后就跟祖父结了婚。在祖父看来，他的前妻不灵光，有点傻傻的，是我太奶奶做主订了亲，只是母命不敢违，祖父才娶了她，我的祖母却是读了几年书的。

祖母有两个同母异父的弟弟。大的我叫大舅公，小的我叫小舅公。祖父靠着微薄的收入，支撑起祖母的大家庭。出钱葬了我祖母的继父，又出钱给我大舅公娶了媳妇，供我的小舅公读书。可祖父说话直爽，不懂变通，太姥姥始终都不喜欢他。

"人要行善，还要积口德啊。"太姥姥常这样说。

在邻居眼里，祖父说话刻薄，行事特立独行，也是个较真的人。祖父曾养了一群小鸡，却在某天无缘无故死了。祖父琢磨了半天，才知道是隔壁的舅婆放了老鼠药，把小鸡给毒死了。祖父在家唠叨了许久，心中不快，碍于面子，又不去找舅婆理论，于是心生一计。他在花园里挖了个坑，把死去的几只小鸡埋了，还立了块"碑"，上面写着："对牛弹琴牛不懂。"舅婆去井里打水，一定会经过花园，可我那舅婆目不识丁，祖父立这"碑"，真真是对牛弹琴了。

祖父爱写毛笔字，酷爱写对联，写好了准会琢磨许久，直到满意了才肯放下笔。我常给他倒墨，洗毛笔，趴在桌旁好奇地问他，他总不嫌烦。

"爷，这是什么字？"

"爷，你打仗那时候有没有飞机？"

"爷，你去过北京吗？看到天安门了吗？"

"爷，明天给我买糖包子。"

祖父说：好，给你买糖包子。

秋天来了，挂在枝头的橘子慢慢由青绿渐转为浅黄，及至深秋，再变成金黄，味道也由酸甜变成了清甜。

这时候，祖父就挑着篓子，给我背上一个小背篓，带我到地里去摘橘子。

我一边摘，一边吃，吃饱了就到地里挖蚯蚓玩。不一会儿，祖父的两个筐子都满了，便挑着满满两篓橘子，走在弯弯曲曲的田间小路上。我跟在祖父身后，背篓空空如也，金黄金黄的橘子晃晃悠悠，温暖了我的童年。

每逢赶集的日子，祖父就背着我，将我带到集市上，买了一串油粑粑，一串麻圆儿，让我吃完了才跟着他去单位上班。远远的乡民，都趁着赶集的日子，背着粮食卖到粮管所，换得一两斤猪肉，和一些生活用品。好喝酒的，就背了苞谷籽，到唐崖河边的酒厂去换酒。

酒厂建在唐崖河边，后面是通往集市的公路。祖父通常很早就去集市，走到酒厂，必要进去打个招呼，让主人打几斤上好的苞谷酒或高粱酒，说下午回去的时候再拿。祖父说，这酒都是头一天刚酿的，酒要放久一些才更好喝，赶集的时候，打酒的人多，散了酒气，下午的酒怕不好了。打了一壶酒，祖父又拿出一个小杯，让主人装满，准备带到粮管所去喝。

那酒闻着很香，但我更喜欢闻那些发酵过后的酒糟味儿。工人从大锅里铲出来一堆一堆的苞谷酒糟，装进车里。我闻着那酒糟，有一股特别的香味，带着粮食的甘醇与香甜。在我看来，闻一闻这略带酸味儿的酒糟，可比祖父酒瓶里那些酒好多了。

"爷，我要吃油粑粑。"

"好。"

"爷，我要吃麻圆儿。"

"要得。"

"爷，我还要喝娃哈哈。"

"晓得了，晓得了，给你买。"

爷孙俩沿着唐崖河边的路走走停停，一直走到热闹的集市上，走到镇上的粮管所。

那时候，阳光无比温暖，祖父慈祥的眼神总闪烁着光芒，我仿佛从他的眼里看到了战场硝烟，红星闪烁，还有生活的坎坷曲折，饱蘸了深情的沧桑岁月，在祖父的潇洒挥毫间，在祖父那温柔的外地乡音里，行行远去。

三

我的太姥姥，是个苦命的女人。

每天早上,太姥姥早早起了床,坐在晨曦中梳头。按着土家人的习俗,将青丝挽成发髻,再裹上藏蓝色的头巾,那头巾足足有一米多长。

我最喜欢看太姥姥裹头巾了。只见她熟练地展开一米多长的头巾,沿着发际线左右缠绕,那头巾就整整齐齐地堆叠在她头上,既清爽,又好看,与她那身藏青色土家布衣十分相配。

我常常围着她嚷着:"我也想裹头巾,我也想裹头巾。"

太姥姥只笑,然后说:"小孩子家家的,裹么子头巾。"

过年的时候,祖父、舅公家里杀了猪,都把最好的肉拿给太姥姥。她将肥肉熬了油,装在油罐里,把油渣装在另一个罐里。每天早上,我经过太姥姥家门口,总能被一股喷香的味道吸引住,那是太姥姥在做油茶汤啦。

太姥姥做油茶汤的锅,是一口小小的生水铁锅,锅沿豁了口,还有那把铁铲,木制的把手已被打磨得油光发亮,这些物什看上去都有些年头了,拿在太姥姥满是皱纹的手里,还挺般配。她在炉灶里生起了火,架上铁锅,舀了一坨白花花的猪油。油一放进锅里,就化成清亮亮的了,冒起了烟。这时,她把早已准备好的粗茶叶丢进锅里,屋子里立刻茶香四溢,那些蜷曲的茶叶在热辣辣的油锅里舒展了身子,变得乖巧温顺起来。这时候加水入锅,茶叶漂浮在汤汁里,太姥姥又加了几块油渣,锅里不久就开始翻滚起来了。有时再炸些洋芋片、玉米、豆腐干,再加一个鸡蛋,就是一顿丰盛的早餐了。我祖母,我母亲,也做油茶汤,土家族的男女老少皆会做油茶汤,但谁也没有太姥姥做的油茶汤香。

我和堂弟禁不住这茶香的诱惑，走进太姥姥家里。她端着土陶碗，用桃木筷子拣了油渣，喂给我和堂弟。

"你怎么在这里吃，脏死了！快跟我回家。"婶娘对堂弟嚷道，说完就拉着堂弟回家了。

堂弟走了，我心里倒高兴。太姥姥又给我煮了荷包蛋，喂给我吃。

母亲说，吃老人家碗里的东西，能得福。

太姥姥家里有许多宝贝，有舅公买给她的亮晶晶的冰糖，有一口油漆发亮的大红木箱子，还有从深山老林里取来的蜂蜜。那褐黄色的蜂蜜装在一个玻璃罐子里，太姥姥用勺子舀了，送到我嘴里，十分清香、甘甜。

太姥姥屋旁有一棵高大的板栗树。还是夏天的时候，板栗树上就结满了一个个青绿色的刺球儿，我等不及板栗成熟，吵着太姥姥给我把板栗球打下来。太姥姥就拿着长长的竹竿，蹒跚着小脚，把板栗球打下来。

有时候，板栗球会砸在我的脑袋上，疼得我哇哇大叫。但为了能吃到板栗，这点痛我也甘愿受。

太姥姥用鞋底踩着板栗，来回搓动，没几下，白生生的板栗就从刺球儿里露出来。这时候的板栗壳还是白色的，软软的，软壳上带着细小的绒毛，果实又嫩又脆。

每到初秋，偶尔会从裂了口的板栗球里跳出几颗成熟的深褐色板栗，落到地上。一条小路刚好从板栗树下绕过，路过的人走到这里，都会低头寻找一番，在草丛里、田埂上、小路旁，仔细扒拉一会儿。要么拾得几颗果子，满足地走了，要么空着手，悻悻离去。但谁都不会爬到树上去摘，也不会拿杆子打。大家都知道，这板栗树是我太姥姥家的，从我太姥爷给孙家地主当长工那会儿起，就长在这里了。后来太姥爷分了地主的田地，这棵板栗树也分给了我太姥爷。

板栗成熟的那些日子，我每天放学都急急忙忙赶回家，到板栗树下去寻板栗，生怕路过的人把板栗都拾去了。有时候运气不好，一无所获，但我不甘心，又到草丛里、田埂上、小路边去寻了一番。再没有，只能失望而归了。

刚走进太姥姥家院子，我就看到她晾晒在簸箕里的板栗，油亮亮的，真可爱。原来，板栗都让太姥姥拾去了。我心里有点不快，顺手抓了一把，边吃边走回家去了。

放学后，我常跑到太姥姥那里，听她讲故事。

她说：解放前，你太姥爷就被抓了壮丁，打仗去了，到现在也不知道是死是活。唉，多半是死了，我们村里出去打仗的没几个人回来。

熊老大，覃老五，刘大白，马家大哥……她能一口气说出一连串名字。

她说：我那时候逃难，吃树皮，吃草根。有一次，我找到一座破庙过夜，睡到半夜，听到干草堆里有窸窸窣窣的声音，我眯着眼细看，是一个人，已经饿得半死了，连说话的力气都没有。我就给他喂了点水，第二天一早，发现他已经死在草堆里了。

"阿弥陀佛，菩萨保佑。"每次讲到这里，太姥姥都会双手合十，不断地点头作揖，似乎菩萨就在眼前，已看到了她的善举。

太姥姥老了，右手得了风湿，手指已经变形。当医生的大舅公亲自给她开了中药，不管用。当老师的小舅公给她买了西药，也不管用。小舅公又给她买了一块据说有神奇功效的带磁铁的手表，她整日戴在手上，舍不得取下。

有一次，那手表掉到茅坑里，太姥姥便叫我拿一根长竹竿，替她捞了上来。她仔细清洗了，又戴在手上。在我看来，那手表对她的风湿病一点作用也没有，但我也不想拆穿她，给她留了念想，也是希望。

一天，她叫我拿了笔墨白纸，我以为老人家要我替他写信呢。

她说：给我画个观音菩萨吧，挂在床头，我天天拜，菩萨就会保佑我，我的手就会好了。

"观音菩萨，我可画不来啊。"

她说：没有关系，你就照着你想的画吧。

我在脑袋里搜罗了许久，才想起在《西游记》里见过观音菩萨，头戴白纱，手拿瓶子，坐在莲花宝座上。这才拿起毛笔，仔细地画了起来。我哪里会画，太姥姥只认我上了学，会识字，就一定会画观音菩萨，笑吟吟地在旁看着。

画完了，我倒觉得那观音菩萨像个身材肥胖的女子，眉眼粗糙得很，觉得滑稽，咯咯地笑起来。

太姥姥严肃地说："别笑，得罪了菩萨，可就不好玩了。"

我忍住笑，看她恭敬地捧着"观音"画像，贴在床头，又三跪九叩地拜了。

我不作声，默默地看着太姥姥佝偻的背影，虔诚地跪拜在那张怎么看都不像观音菩萨的菩萨像前。落日余晖穿过古老的旧窗，照在房屋斑驳的地板上，顿觉温暖，又有一种说不出的荒凉。

四

我家院子后面的坡头上，有一所学校。

那里原来是地主的房子，主人被撵走了，房子就搁置在那里，因年久失修，一椽房屋变得破烂不堪，有几间屋的土墙都破了几个窟窿，泥灰便顺着墙缝儿一溜儿滑落下来，墙脚就垒起了一堆一堆的土灰。

我喜欢和伙伴们去玩这些土灰。那灰堆下藏着好玩的"土狗儿"，是一种小虫子，形似拖拉机，于是乡民们便把拖拉机叫作"土狗儿"。我们看到灰堆上有个小坑，拿根小棍儿，拨开土灰，那下面果然藏着一只小虫。小虫拖着长长的尾巴，爬的时候样子果然像拖拉机，走不快，挺滑稽。

后来，人们把外墙涂白，简单地修葺，挂一块木板，作为教学的场所。全校只有一个老师，十几个学生。最大的十几岁，最小的五六岁，大家坐在一间教室里，听老师讲课。一天下来，老师面对不同年级的孩子，从一年级的课教到六年级的课，教了语文、数学，还要教音乐、体育。课间，老师到屋后挑水，或到地里去摘菜。下午早早地放了学，老师就到地里忙活去了。

我六岁的时候，也去这学校上了几天学，后来，母亲觉得这小学实在太不像学校了，就把我转到民族小学去了。

我们村的孩子读民族小学，算借读，借读费要八百块，大多孩子只能在近乎简陋的学校里上学。

后来，这所学校也办不下去了，因为来这里上学的孩子太少了。这个院子就空置了下来。

没多久，乡里在这里挑了一间像样的屋子，给美美住下了。

美美长得并不美，甚至有点吓人。他是个驼背，走路的时候，双手背在身后，压低了身子，几乎快碰到地面。美美眼睛很大，鼓出来，跟牛眼一样，看起来挺吓人。鼻孔也很大，呼吸时，我甚至能看到他鼻孔里又黑又粗的鼻毛，跟着呼出的气体微微颤动。我每次看到美美，就想起骆驼，驮着驼峰，在蜿蜒的小路上缓缓前行，粗糙而强壮。

祖母说，美美小时候被继父用锄头打伤了骨头，变成了驼背。

美美虽然身体不方便，但干起活来一个顶俩。农忙时节，祖母经常叫美美来家帮忙干活，犁田、打谷，挑挑扛扛。美美很实诚，活干得快，力气又大，要的工钱还比别人少，所以祖母很喜欢请他帮忙。

干活到晌午，美美到祖母家吃饭。他端的是大碗，吃得也比别人多。在唐崖镇里，请人帮工是要供饭的，还得好酒好肉地招待，如此，干活的人才肯卖力气。要是吃得不够好，招待得不够周到，干活时，那人就偷懒。能挑一百斤的，只挑八十斤，能半天干完的活儿，得拖到一天才干完。还说，没吃饱，没有力气干。

美美小的时候，他的生父不知所终，他母亲带着美美，嫁了人。美美八岁那年，他继父认为他干活儿不卖力，就用锄头打了他。从此，美美的腰背，再也挺不起来了。

像他这样的人，家世不好，再加上身体残疾，没有哪个姑娘愿意跟他。他从隔壁村来到我们村，没有田，没有地，靠给人做工独自过活。

这些，我都是听祖母说的。

镇里大小人物的历史，祖母都一清二楚。

她说，以前镇里有几个人，名叫刘金，吴人池，朱池。

说完就笑，我不明所以。

祖母说，就是牛筋，无人吃，猪吃啊。

她还说，以前有个傻媳妇儿，煮饭的时候，一边舀米，一边念叨：爹一杯，我一杯，妈一杯，我一杯，男客（丈夫）一杯我一杯。

她又给我唱童谣：十五十六大月亮，强盗来偷黄水缸。

她还给我讲了土家版狼外婆的故事。

以前，有两姊妹去外婆家。到了外婆家里，晚上，外婆对两个女孩儿说:"今天晚上幺妹儿和我睡一头。"晚上,姐姐听到嘎嘣嘎嘣的声音,就问:"外婆,外婆,你在吃么子①?"外婆说:"我在吃苞谷籽。"第二天,姐姐发现妹妹不见了,找了好久,才在床上发现了妹妹的几颗脚趾头。又到了晚上,外婆点着煤油灯到处找姐姐,可是那灯一点着就灭,一点着就灭。外婆说道:"老鼠精,老鼠精,你莫撒尿淋我灯,找到大妹儿我两个平半分。"原来,是躲在楼上的姐姐淋熄了狼外婆的灯。听到这里,姐姐马上赶着夜路回家去了。

我总喜欢缠着祖母给我讲狼外婆的故事,每次讲到狼外婆吃苞谷籽那里,我的心情是既好奇又害怕,想接着听下去。到了晚上,睡在祖母身边,就怕祖母变成狼奶奶,半夜里把我给吃了。

但我知道,这只是我的假想而已,所以并不害怕。

祖母还经常给我唱这样的儿歌:

老板儿老板儿开门哟。

开门搞么子?

拿刀刀儿。

刀刀儿拿来搞么子?

砍竹子。

竹子拿来搞么子?

---

① 吃么子:方言,指吃什么,吃啥。

编笆篓。

笆篓拿来搞么子？

捡石头。

石头拿来搞么子？

打羊子。

羊子吃我么子？

吃你麦子。

要赔不要赔？

要赔。

赔好多？

赔一坡

……

祖母是太姥姥在黄家生的女儿，跟着太姥姥来到孙家大院。祖母十二岁的时候，太姥姥把她送到了学堂念书。祖母上初中的时候，祖父被下派驻乡，住在太姥姥家。一个是历经坎坷的退伍军人，一个是正值年少的花季少女，祖父看中知书达理的祖母，祖母也看中英俊沉稳的祖父。更重要的是，祖父在粮管所工作，薪酬虽不多，但也不至于饿肚子。祖母中学毕业后，两人就结婚了。

六十年代，乡里选举妇女主任，村里读书认字的女性不多，上过学的祖母当选了。但是，她志不在此，她所热衷的是种田。在祖母心里，多种点粮食才不会饿肚子，因为她曾深切体验过饿肚子的感受。

祖母还有一门手艺，就是接生。据说，我就是祖母亲自接生的。

我家对面山头住着李婶儿一家。就在我出生的那一年，她肚子里的一对龙凤胎也出生了。只可惜，男孩儿出生没多久就早夭了，那女孩儿就取名为双儿，以此纪念她那同胞弟弟。

五

关于我的出生，我一直耿耿于怀。

母亲说，我是从唐崖镇的桥洞下捡来的。我不甘心，亲自去桥底下查看，果然有弃婴在那里。

有人趁着乡民们赶集的日子，头天晚上把婴儿放在桥洞下。有的装在崭新的背篓里，裹着大红的褓褓，戴着好看的虎头帽，穿着小棉鞋，旁边放了一袋米粉。有的留下一张红纸，上面写着孩子的出生日期和生辰八字。还有的被放在竹篮子里，穿得也不光鲜，其余没留下什么。这些婴孩儿，大多没有满月，最大的也不过三四月。

一条羊肠小道从山坡密林间蜿蜒曲折，延伸到唐崖河边，再从桥洞下穿过。人们赶集的时候，都得从桥洞下经过。丢弃婴孩儿的人，想必这里路人最多，弃儿最易叫人发现。高大宽阔的桥洞，还能遮风避雨，这算是他们对孩子最后的关切了。

这座桥是乡里最壮观的桥了。这是一座典型的石拱桥，全部由石头、石板和石柱砌成，站在桥洞下的小道抬头望，石头之间严丝合缝，拱形的洞顶画了一条优美的弧线，在我眼里，丝毫不亚于华美的宫殿。桥面用石子铺就，两旁是一米多高的石栏杆，就像语文课本里写的《赵州桥》，不同的是，这桥没有一个好听的名字，桥栏杆上也没有好看的雕纹。站在桥上，俯瞰碧绿的唐崖河，曲折蜿蜒，从山中流出，向山中流去，流向我不可知的远方。

每次赶集的时候，我们都要从桥上经过。从城里来的班车，装着大肥猪的货车，拉着肥料的"土狗儿"，装着几袋大米的三轮车，都从桥上经过。汽车一驶过来，桥面上腾起一阵灰尘，有调皮的男孩儿总要追着那车跑，企图爬上去。他们用尽全力狂奔而去，眼看要追上了，司机一踩油门，汽车就奔出去十几米远，追车的人似乎不愿放弃，又加了把劲儿，却终于没有跟上车子的脚步，只得看着车子扬尘而去。

大桥横跨唐崖河，一头是绝立的峭壁，一头是平缓的青山。在那临渊的峭壁上，有一些排列整齐的小洞，有的地方留下一截铁桩，锈迹斑斑，顽强地钉在峭壁上。那里，是古栈道，没有桥的时候，人们就从那峭壁上行过。我常常想，古老的先民从深山里行来赶集，背着竹背篓，挑着竹篓子，踩着峭壁上的狭窄栈道，脚下是奔腾咆哮的河水，头顶是一眼望不到顶的绝壁，那场景，颇有点壮士从征的意味。

站在桥上，能清晰地看到翠林烘托下的夫妻杉。这是两棵古杉树，有四百多年树龄，高大的树冠呈塔状，直入云霄。我总是对这两棵树充满了好奇与崇拜。

爬上玄武山顶，就走到了夫妻杉下。伙伴几个手拉手，围着树干，三个人才能合抱。我们都仰头，望着两棵高大的杉树，仿佛是两架云梯，顺着树干爬，一定能爬到天上去吧。可是，谁也不敢爬这两棵树，因为这是两棵神树。

听村里的老人说，当年，大概是明朝的时候，唐崖土司和他夫人种下了这两棵树。高的那棵是土司秦鼎种的，矮一点的那棵是土司夫人田氏种的。我对土司夫人比较感兴趣，常常幻想着，那土司夫人一定是个大美人儿，穿得也漂亮，头上戴的应该是镶了宝石的皇冠，而不是裹着像太姥姥那样的粗布头巾。村里有个传说，土司夫人英勇善战，足智多谋。传说有一次，土人被山匪所困，土司夫人带领所有女人登上崖顶，撑着雨伞从崖顶飞跃而下，与突出重围的将士汇合，最终躲过一劫。当年，土司率兵出征，土司夫人田氏打理一切事务，威望极高。他们故去，留下了这两棵树，人们不敢懈怠了神树，在树下点了香，摆了供品，树干上还挂着红布条，祈求神树保佑。

树成了神，似乎求什么都灵验，要管的事儿也很多。有的求平安，有的求得子，有的求发财，有的求养的猪健健康康、顺顺利利长到过年，中途不要得什么瘟疫，或掉到茅坑里去了。

离夫妻杉不远处，有一座张王庙。只见庙前立着一块破旧的石碑，上面刻了一些我看不懂的字。石碑是砂岩打制的，粗笨地立在那里。庙里的石人石马，已面目全非，一匹石马断了尾，一尊石像缺了头和胳膊。看那石像的样子，应是两个士兵，手里牵着缰绳,怀里抱着一把伞,据说是给土司牵马的士卒。

伙伴们常到"皇坟"去玩。

我一看到坟墓就害怕,可是对这皇坟却不那么恐惧。

"这哪里是坟墓,就是一座小山嘛。"不错的,这里没有墓碑,看上去就是一个大大的土堆而已,旁边还有一个稍小的土堆,据说大土堆里葬的是土司,小土堆里葬的是土司夫人。

乡民们称之为"皇坟",意思大概就是这里面葬的是土皇帝。皇帝,不是电视里演的那些康熙乾隆什么的吗?这个小山包,它的主人怎么看都不像皇帝的身份啊。

什么土司啊,皇帝啊,我们可不管,依旧自顾自地玩耍。坟前有几扇石门,常年敞开着,我们就钻进去。除了石壁上和顶上雕刻的花纹,其他的也没什么稀奇。伙伴们躲在里面大喊,传来一阵阵回声,我们只当作好玩的趣物。我不敢喊,只猫着腰在里面静静地看,看了几次,没什么好看的,也不再进去了。

至于桥洞下那些婴孩儿和我的出生,早就忘诸脑后了。

六

我最喜欢到外祖父家里玩,他们家有一座大大的吊脚楼,山上有许多新奇的玩意儿。

这是土家族最常见的土木结构房屋。中间是堂屋,坐北朝南,两边各有两间正屋,南北列着,沿着正屋两头,东西朝向的又各自建了两间厢房。靠东边的厢房上面一层是客厅,下面是空的，用木桩支撑起来，再用木板围起来，做了猪圈，靠西边的厢房则做了柴房。人在客厅，能听到楼下猪圈里的动静。这种建筑结构，被称为"三柱二"，家业大的，儿孙多的，建的是"五柱二"。

外祖父家里有许多新奇的玩意儿，我和哥哥在自家是见不着的。比如有成捆的竹子，堆在院坝里，外祖父将竹子剖开，割成又薄又软的篾条，编成背篓啊，簸箕啊，筛子啊，篮子啊，还有刷把、扫把、草鞋。

"外公，给我削一把剑。"哥哥说。

"好。"外祖父一口答应，不一会儿就做了一把好看的剑。哥哥拿着剑，神气极了。

我们用细的竹筒做成"枪"，用竹棍绑上一个活塞，在竹筒里放两颗像花椒粒一样的野果子，用力一推活塞，"嘣"的一下，那果子就飞出去好远。

我摘来狗尾草，在外祖父手里，那草像充满了灵气，立马变成了小狗、小兔、小猫。

外祖父给我编了一个小背篓，上大下小，中间细，还上了颜色，比大人用的背篓小巧可爱多了。我得了背篓，爱不释手。学着大人的样儿，背着背篓，拿着镰刀去打猪草，看到有草，就割下来，略有成就感。背回来一看，外祖母说："这草太老了，猪是不吃的。"我又到人家油菜地里去找嫩的草，背回来想得到外婆的表扬。外婆一看，脸色立刻不好了，说："这是人家的油菜花，你割掉了，油菜就不结籽了。你不会打猪草，还是跟我去拾柴火吧。"

"好啊，好啊。"我喜欢跟大人上山。

来到山上，外祖母砍柴去了，我则拿着小耙子，拾那掉在地上的松针。我们家那边松树少，松针也少，外祖母家就不一样了，地上有拾不完的松针，随便一薅就是一大堆，根本不够我的小背篓装。松针堆里有松果，枞树脚下还有菌子。

我最喜欢春天去外祖母家，山上有吃不完的新鲜玩意儿。

外祖母带我路过苞谷地，砍下一截苞谷秆递给我，说："吃吧，甜着呢。"

春天里，一切都是新的。外祖母总能在不起眼的地方给我找到好吃的，山坡上，小路边，草丛里。刺梨子啊，茅草根啊，刺苔儿啊，野树莓啊，茶泡儿啊……都是鲜嫩的，清甜的，带着春天的气息。

外祖母家的饭菜特别香。柴火烧得很旺，大铁锅热气腾腾的，锅里是刚从地里摘来的菜，或刚从鸡窝里捡的鸡蛋，从井里刚打出来的井水，都充盈着一股原始的大自然的风味，自是比家里的煤气炉子做的饭菜香。

每天早晨，我还在睡梦中，就听到外祖母赶鸡的声音："喔——嚯——喔——嚯——"有时候是外祖母在屋檐下推磨的声音："吱呀——吱呀——"

我躺在床上，隔着一层木板壁听屋外的声音："咯咯咯——叽叽叽——"外祖母把鸡赶到山上去了，接着传来大竹扫把扫院子的声音："唰——唰——"然后是从柴房那边传来的劈柴声，

"嘣嘣嘣"地响着。我听得很真切，外祖母劈了柴，从柴房走到厨房去了，接着传来炒菜的声音，又从门缝里飘来了煎鸡蛋的香味，我才慢悠悠地起了床。

有时候，听到外祖母在后院儿推磨，我就腾地起了床，想去看。外祖母家的石磨又大又重，可她推起来毫不费力。

"外婆，我也来推一下。"

"你哪里推得动。"

我抢着试了，使出了吃奶的劲儿，那石磨纹丝不动。

外祖母笑着说道："我们那时候干活儿，我一个人挑两百多斤，还要背着你舅舅。"

"你外公是村里的书记，天天在外面开会，家里的农活他帮不上什么忙。你妈妈，你二姨、三姨、幺姨，你舅舅，还有你太姥爷，家里那么多人要吃饭，全靠我一个人干活。干得多工分才挣得多，不然一年分不到多少粮食，大家都得饿肚子的。"

"我们啊，是饿过肚子，是吃红苕洋芋长大的，你们这些娃娃啊，现在享福咯。"说完，外祖母继续推磨，唱起了童谣：咯磨，噶磨，推粑粑，接卡卜（指外祖父），卡卜不吃酸粑粑，推豆腐，接舅母，舅母不吃酸豆腐……

一整个暑假，我和哥哥几乎都在外祖母家度过。几个表弟都到外祖母家去度假，只有我一个是女孩子。他们爬树，我也爬树。他们打枪，我也打枪。他们赛跑，我也赛跑。

外祖父坐在阶沿儿抽旱烟，说，这妞儿，比男孩儿还调皮呢。说完，只是看着我们笑。

七

再说山脚下一间破屋里的故事。

那破屋,用发黑的旧木板搭起来,铺了一排竹竿,算作房顶。冬天的时候,山风强劲,风从四面直往里钻。王大傻和他娘,就住在这间破屋里。

王大傻有点傻,说话也不太利索,但他力气大,干起活来无人能及。他娘逢人就说:"我家儿子有的是力气,哪家姑娘嫁过来,总不会饿着肚子的。"

但村里人都清楚,王大傻确实有点傻。吃饭的时候,他的衣服上、头发上、饭桌前都是饭粒,等大家吃完了,就拾桌上和地上的饭粒吃。见人的时候,只嘿嘿地傻笑。到别人家吃酒的时候,他说:"我娘说了,能喝两杯酒,就只喝一杯。"到了集市上,有人用几个鸡蛋,换了他的一只鸡。王大傻确实傻,没有谁愿意把姑娘嫁给他。

有人就出了主意:"怕是要说一个外地的媳妇儿才成。"

"外地的恐怕不成,外地的都尽挑好的,哪里轮得到他。就是本地的,田家那姑娘,也不错,虽然傻了点。"

"那姑娘哪里行,是个疯子,听说,闹得厉害的时候,还拿刀砍人呢。"

"我看刘家的姑娘就不错,年纪是大了些,眼睛也不好使,但是配王大傻子,不错了。"

有人说道:"那姑娘,眼睛看不见的,早就瞎了。"

"没有,没有,白天她能看得见的,只是晚上光线不好了,才看不清,是'母鸡眼',前几日,我还看见那姑娘在纳鞋底呢。"

众人听说,又惊叹,竟露出一丝不满的神色。

大伙儿吵得不可开交,好像在嫁自家女儿一样。既然操了心,就希望能帮得上忙,给王大傻找个称心的媳妇儿,也不枉大家在这里费一番口舌了。

"我看这姑娘可以,就这么定了。"说话的是王大傻的大伯。

众人这才停了嘴,都赞许地点点头,好像在给自家儿子娶媳妇儿一样。

那个盲女人,叫三妹,听说是刘老大从桥洞底下捡回来的。三妹虽然眼睛看不见,但生得标致。

王大傻的娘托了媒人去提亲,下了聘礼,聘礼是一斤挂面,一双布鞋,这门亲事就算定下了。挑了吉日,草草地完了婚,三妹就成了王大傻的媳妇。听说,结婚那天,王家的花轿来了,三妹正在喂猪。没有唢呐,没有鞭炮,只两个轿夫抬着花轿,催着三妹快点把猪喂了,坐上了王家的花轿。

村里人都说,王大傻娶了门好亲。

三妹的眼睛一点也看不见,下不了地,干不了活,只能做些家里的琐事,喂猪,洗衣,劈柴。白天,王大傻和他娘下地干活儿,三妹就在家里忙活,把家里收拾得妥妥当当的。王家的破漏窗户,用报纸糊上了,屋顶盖了石棉瓦,看上去终于像一座房子了。人们都说，三妹是能干人。

王大傻娶了新媳妇儿，整天乐呵呵的，干活儿也更有劲。

一年多后，三妹生了个胖儿子，那王大傻更是笑得合不拢嘴了。

人们打趣儿说："傻儿，你有儿子了，开心吗？"

王大傻露着一排黄牙，像鸡啄米一样连连点头，边笑边说，"嘿嘿嘿，开心，开心得飞起来咯。"

孩子出生不久后，三妹也因病走了。

从那以后，人们常常会见到王大傻，抱着他那两个多月大的儿子，到各家各户去讨奶吃。有些心慈的人家，自家孩子吃不完的奶，就喂了王大傻的儿子，还有的，教他用米汤喂孩子。这时候，王大傻似乎又不傻了。

八

孙家大院儿要嫁女儿了。

村里有人结婚，小孩儿最高兴了。有好看的节目，好听的歌儿，还有好吃的糖果瓜子。我最爱看新娘子了，绣花的衣裳，大红的花，戴在头上喜庆极了。

孙家表奶奶来我们家借锅碗瓢盆，桌子椅子，火盆棉被，阵势挺大的样子。土家人的大小事务，都在家里举办，左邻右舍一起帮忙做饭，借钱借物，把来宾都安排得妥妥当当的。

我们全家人也出动了。祖父裁纸磨墨，准备帮忙写对联，登账簿，祖母去帮厨，母亲帮着买菜，父亲也准备了扑克牌和象棋，供宾客们消遣。

头天，整个孙家大院儿都忙活起来了。东厢房、西厢房的灶头都烧旺了，烟囱里冒着滚滚浓烟。院坝里还架起了临时搭建的灶台，一口大锅架在上面，柴火烧得很旺，我从房间里，都能闻到大锅里熬着的浓香的肉汤味儿。

厨房里，厨子开始忙起来了。粉蒸肉，肉丸子，炸虾片，榨海椒，酸萝卜，白净的米粑粑，大木桶里蒸出来的米饭，都特别香。结婚的时候，米粑粑是一定要备齐的。大米泡软磨成粉，做成圆形的米粑粑，放在大锅里蒸熟了，再印上红的、绿的花纹，然后装在篓子里，贴上大红的"囍"字，随着送亲的队伍送到男方家去，分给男方家的宾客。

"为什么要带米粑粑去？"我问母亲。

"女孩嫁到别人家里，就要吃怄气食了，俗话说'三天不吃婆家饭，一辈子不吃怄气食'，新娘子头三天是不能吃婆家的食物的。"母亲说。

"那你呢？"

"我就三天没吃东西啊。"

"那你不饿？"

"怎么不饿？可是我忍着。有的新娘子自己藏了东西，趁没人的时候悄悄吃。"

镇子里，远近的亲朋好友陆续来了，登账的，做饭的，倒茶递烟的，招呼客人的，吃瓜子聊天的……人们有说有笑。

就这样一直忙到凌晨。

我走进孙家堂屋,屋里摆满了陪嫁。油漆的木箱,成套的八仙桌和凳子椅子,印花的搪瓷盆,新制的棉被,成对的杯子、喜碗,开水壶,布鞋,新衣……

一人将印花的喜碗用红绳绑了,一个叠着一个,像镂空的塔,四周绑上筷子、杯子,顶上绑四只勺子,这就是土家人的"陪嫁",一根红绳走到头,不能打结不回头,这样才吉利。

新娘子的床上堆满绣花的被子、枕头。新娘穿着大红衣服,坐在床上,哭丧着脸。这一天,新娘要离家了,是不能笑的。

只听得鞭炮声在院外响起来了。

我跟着人群拥到院坝,是新郎家送彩礼来了。

泉叔大声喊道:"新郎家彩礼到——猪腿十条,棉布三匹,灯草呢两匹,龙凤烛一对,排香一对,造火纸一沓,龙凤炮一对……"

"到了,到了,表婶娘,可以唱了。"母亲听到男方送彩礼的人进了堂屋,就慌忙跑进里屋报信。

孙家大嫂坐在旁边,正在替新娘梳头。这时候,新娘一边哭一边唱:

叫莫伤心心越伤,叫莫流泪泪越流,谁人解得我千年苦?谁人了得我万年忧?离山离水容易离,离娘离爷离不开,自从今日离去后,不知何日才回头?天长路又远,山高水又险,山隔几十匹,路隔几百里,我有脚难走千里路,我有翅难飞万重山,爹娘啊，我有梦难得再团圆！

　　唱到这里，母女俩抱作一团，哭成了泪人儿，新娘早已泣不成声。

　　哭一会儿，唱一会儿，一会儿是热热闹闹的锣鼓唢呐声，一会儿是鞭炮声，一会儿又传来带着哭腔的歌声，一会儿又是一阵呜呜的哭声。

　　人们一会儿拥到里屋看哭嫁，一会儿又拥到堂屋听锣鼓唢呐，一会儿又走到院坝里聊天吃瓜子。

　　就这样，吃喝玩到天亮。

　　要哭十姊妹了，人们又蜂拥着进了堂屋，新娘的里屋被围得水泄不通。我从人缝儿里钻了进去，看到了人群中的母亲，她也在十姊妹里面。

　　新娘的十个闺中姐妹围着她，个个都哭丧着脸。打头的是秀英，她是村里有名的"百灵鸟"。她一开腔，满堂的人都围过来了。

　　　　你我是大河边上的一簇葱呵，水又打来沙又壅。
　　　　你我是大河边上的一树桃呵，水又打来沙又淘。
　　　　你我是高山岭上一树栗呵，千刀劈来万刀劈。
　　　　你我是高山坡上一苑葛呵，千锄挖来万锄挖。

　　"不要哭了，不要哭了。"旁边有人劝说道。那劝说，也是走形式一样,并不走心。唱的人并不听劝,反而哭得更伤心了。哭得越大声,越伤心,表示这家的女儿越懂事,越贤惠。

  你我是大陆边上一蔸蒿呵,脚又踩来手又撩。
  你我是大路边上一簇草呵,野草不值半分毫。
  ……

唱罢,满屋的人都嘤嘤地哭起来。

这时候,锣鼓响起来了,唢呐吹起来了,新郎家的轿子来了。新娘在姊妹的搀扶下走到堂屋,拜过祖宗和父母,抓了一把筷子,朝地上一撒,这就算要离家了。吉时到了,新娘脱了鞋,由兄长背着,上了轿子。

抬轿子的,敲锣打鼓的,吹唢呐的,放鞭炮的,抬陪嫁的,挑箩筐的,送亲的,大家都手忙脚乱的。人们跟着送亲的队伍,走到孙家大院儿门口,大人嘻嘻哈哈的,小孩子蹦蹦跳跳的。只听得锣鼓唢呐声渐渐远去,孙家表爷爷表奶奶站在院儿门口,互相扶持着,翘首望着远去的送亲队伍。

巍峨的玄武山蜿蜒起伏,高大的夫妻杉苍翠挺拔,喧闹的锣鼓声在起伏的山间隐隐退去。